KB005813

길 위에 시간을 묻다

최금녀 시집

길 위에 시간을 묻다

문학세계사

□ 시인의 말

여기 시편들은 문득 문득 길을 떠나
지구촌을 둘러보면서 한 점씩 사 모은 기념품이다
발길이 닿은 곳곳의 풍정이 애틋하게 배어 있다
그 동안 혼자 만져보고 쓰다듬다 시집으로 엮어내면서
마음이 놓이지 않아
조선일보 이철원 기자의 일러스트로 간을 맞추었다

모래바람 부는 사막지대에서
숨이 차오르는 산등성이에서
풍랑 잘 날 없는 바닷가에서,
삶은, 신이 내린 은사恩賜이려니
영과 육으로 사르어 올리는
지구촌 사람들의 간절한 몸짓,
때로는 정겨웠고
때로는 하염없었다
다시 길 떠나는 꿈을 꾼다.

2012년 8월
연희동에서 최금녀

■■■ 차 례

시

1. 인도

2. 네팔

3. 미국

4. 유럽

5. 몽골

산문

시

인도

한 끼의 식사

—자애로운 어머니 강가 신神이여,
당신이 있어 그 동안 내 삶이
풍요로웠나이다—

노천 화장장 가트에서
시도 때도 없이
머리 풀고 이승을 떠나는
힌두교인들의 마지막 인사가
흐르는 강물에 스며들 때

어슬렁거리던 건공들
타다 남은 정강이뼈 나누어 뜯는
한 끼의 식사
지상은 즐거워라

저만치서
명상에 잠기는 운동화 한 짝.

* 가트(Ghat) : 인도의 강가 강 언덕에 계단식으로 설치된 수십 개의
　노천 화장장.

번뇌는 무색無色

"허기진 사람들은 내 젖을 먹어라
죄와 번뇌는 모두 내게 쏟아놓아라"
젖가슴 풀어헤치고
치맛자락 널널하게 흘러가는 강가 강

죄와 번뇌의 색은 무색無色인지
맑고도 깊다

라빈드라나트 타고르는
기탄잘리에서 이렇게 신神을 공경했다.

―옷도 집도 필요하지 않나이다
당신은 내 영혼, 내 참 행복이나이다
당신을 향한 나의 경애만이 오직
내 삶의 보람이나이다―

* 라빈드라나트 타고르(1816~1941) : 인도 시인. 노벨문학상 수상. 한국을
  동방의 등불이라 함. 16세에 첫 시집『들꽃』펴냄.
*『기탄잘리』: 신에게 바치는 송가. 타고르의 서정시집. 157편 수록.

누드의 구도자들

동이 터오는 강변 언덕
온몸에 횟가루를 칠한
누드의 남자 네 명
신의 하사품을
긴 막대기에 둘둘 감아
이리 비틀고 저리 비틀어댄다

대도大道는 무문無門이라

모여드는 관광객 사이에서
이 각도 저 각도로
앵글을 맞추는 내 딸아이
도를 깨우치고 있는 중이리.

푸자에 한 표

멀미약 삼키며 비행기를 갈아타며
푸자에 한 표를 던지고

조각배를 타고 나가
강가 강물에 입 맞추며
마음을 담아 꽃촛불도 띄우고

―강가 신이시여,
친구의 며늘아기에게 태기가 없습니다
태의 문을 열어주소서―

강가 신도 감동했는지
꽃촛불이 생글거리며 주위를 맴돌았고
밤하늘의 별들도
내 성근 머리 위에 금가루를 솔솔 뿌려 주었다.

* 푸자 : 해질 무렵 힌두교인들이 강가 강변에 모여
　드리는 종교의식.

사랑은 수평

무굴제국의 왕
샤 자한이 죽은 왕비를 잊지 못해 지은
왕비의 무덤, 타지마할은
대칭건축미학으로 손꼽힌다

왕은 왕비를
왕비는 왕을
끊어질 듯
간절하게 마주 바라보는
저 맹목의 눈길

어느 한 쪽으로도 기울지 않는
저 팽팽한 수평

정원의 연못
수심 깊은 곳에서도
왕은 왕비를
왕비는 왕을,

한치의 오차도 없는 400년
아, 눈 먼 저들 사랑의
불길이여

문득 문효치 시인의 시가 생각난다.

"사랑이여
어디든 가서 닿기만 해라.

가서 불이 될
온몸을 태워서
찬란한 한 점의 섬광이 될

빛깔이 없어 보이지 않고
모형이 없어 만져지지 않아
서럽게 떠도는 사랑이여."

* 타지마할 : 무굴제국 샤 자한 왕이 죽은 아내 아르쥬만느 바누 베감을 기리기
  위해 지은 백색 대리석 건물. 뭄타즈 마할(선택받은 궁전)이라 불리는 이 건축
  물은 우아함과 대칭의 아름다움으로 세계적으로 손꼽힘.

강변은 디스코텍

푸자가 열리는 강변의 밤

고막을 찢어내는 만트라 음악과
발효하는 맥주냄새, 향냄새
밤하늘에 쏘아올리는
사이키델릭한 조명 다발들
가히 신이 강림할 법하다

발 디딜 틈 없는 힌두교인들 틈새에서
문득
"너는 저들처럼 든든한 신神을 품어보았니?"

헐벗은 내 영혼이
스며드는 한기로 뼛속까지 추웠던 밤이었다.

네팔

여시아문如是我聞

첫째 날,
노란색 옷으로 단장한 귀부인께서
쓰레기 썩어가는 개천 다비장에서
극락행 표를 끊는 무상無常을 보았고

둘째 날,
가사를 걸친 스님께서
관광객으로 발 디딜 틈 없는 사원에서
깡통 속에 아귀餓鬼를 모셔놓고
용맹정진하는 업장業障을 보았고

셋째 날,
검은 손과 벗은 발의 어린 부처께서
관광객 푼돈으로
절 한 채씩 지어
봉축奉祝하는 화엄華嚴을 보았고

넷째 날,
달발광장의 사원에서
열 살쯤 되는 소녀 쿠마리 신의
짙은 색조 화장을 보았고

마지막 날,
열두 지옥의 중생들께서
냅킨 접힌 식탁에서
촛불을 밝히고
거늑하게 먹은 스테이크
나무관세음.

나비가 되소서

한국과 네팔의 시인들이
카트만두 자그마한 공회당에 모여
꽃같이 차려입은 그곳 여류 시인들과
목소리 가다듬어
읊어 올린 시어詩語들

황사 자욱한 하늘에
공염불이 되지 말고
밥이 되고
옷이 되고
웃음이나 되소서

꽃피는 시절에는 룸비니 동산에
나비로나 환생하여
메마른 저들 가슴 속에
만화방창萬化方暢 봄소식이나 전해주소.

내 전생은 명동

그것이 슬픔인 줄도 모르고
브이자를 그리며
내 카메라 앞에서 포즈를 취하는
거미 같은 팔다리들

저 친근한 모습
어디였더라?
아, 생각났다
한 푼이라도 주지 않으면
한사코 따라가 차려입은 신사 숙녀에게
검댕이를 듬뿍 칠해놓고 달아나던 명동거리
거기였구나,

1달러를 받아 쥐고 뒤를 자꾸 돌아다보며
뛰어 달아나는 저 아이
어느 생 건널 때
나, 저 아이의 어미였었나?

파리부처님

가는 곳마다
어깨에 날아와 앉는
낙엽 같은 손들

먹을 것 없었던 우리의 70년대
부엌이건 방이건
파리는 왜 그리 들끓었는지

밥 때 되면
용케도 알고
밥 위에 날아와
두 손을 싹싹 비비던
그 성가신 것들
밥 먹다 말고
주먹질하는 나를 보고

애야, 산 목숨은 모두 부처님이다
그리운 어머님 법문.

미국

IN and OUT

몬트레이에 있는 햄버거 집
들어왔다 바로 나가라는 뜻이리
간판에 화살표로 표시해 놓은
인 앤 아웃
몬트레이 가는 길목에 쉼표 찍고 있는
그 햄버거 집
그 햄버거 맛 못 보고 가면
몬트레이 온 보람 없다고
핸들을 돌려 역주행하며

왜 그렇게 맛있었을까
오직 먹이를 위해
몇 시간을 조준하는 금수처럼
기다란 줄 끝에 끈기 있게 늘어서서
야외 쨍쨍한 볕 아래
색안경 쓰고
챙 넓은 모자 쓰고

애고 어른이고 한 덩어리씩
포크 스푼 무슨 상관이냐
다섯 손가락으로 움켜쥐고
열중하는 야생적 즐거움?

열 번쯤 먹으면 싫증이 날까
행여 신촌에 분점이라도?
제일 먼저 달려가 더블로 확인하고
들어갔다 바로 나오겠다
화살표 방향으로
인 앤 아웃.

* 몬트레이 : 캘리포니아 주 태평양 연안에 있는 경치가 매우 아름다운 휴양지.

세븐틴 마일 드라이브

미국의 서부
몬트레이 해안도로
쭉쭉 빵빵 미끈한 각선미 하나로
평생토록 걱정 하나 없이 복을 누리는 나무들

상쾌한 해풍과 건들거리기나 하고
좋은 공기, 맑은 햇빛, 파도 소리
더 들어갈 배 없어 먹지 못하는
그 팔자 좋은 나무들

느슨해진 삶의 끈 조이라고
가끔씩 태풍도 다녀가지만

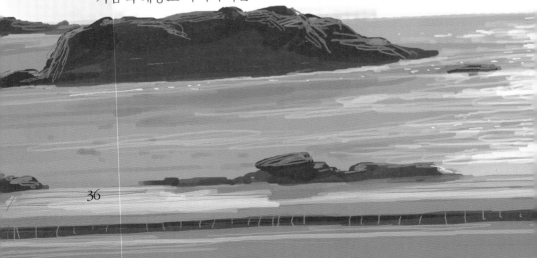

지하철이
예술의 전당이
여의도가
조수미가
박지성이
LG, 삼성이
없었다 없었다……

흑인 백인 섞여 흐르는
저 비빔밥 같은 거리에서
지갑에 100불짜리 한 장 없어도
헬로우 하며 웃는 저 알 수 없는 속내,
존 웨인 같은 중년 운전사와
먼로 같은 웨이트리스
깡통을 놓고 납인형을 연출하는
거리의 마이클 잭슨에 정신 팔려
폴리스 싸이카의 경종 아니었으면
깜빡 잊을 뻔한 조국

보스턴의 노숙자들

딸이 머무는 변두리 임대 아파트
잠자리 바뀌어 뒤척이는데
베란다에 떨어지는 빗소리
그새 가을이 당도했나?

낮에 잠깐 둘러본
잘산다는 미국의 공원
몇백 년은 묵었을 상수리나무 아래
휴지처럼 구겨진 남자 서넛
이 비를 어디에서 피할꼬

딸이 깨면 걱정도 팔자랄까
말 더듬는 밤.

스위트 캘리포니아

트랙터 위의 남자가
클러치를 당기고 풀 때마다
우박처럼 우두둑 쏟아지는 사과들

여자의 둔부 같은 사과나무 아래둥치에
겸자 닮은 기계를 대고
헬로~ 헬로~ 록 음악에 몸을 흔들며
당기고 풀며 당기고 풀며
사과를 따는 흰 장갑의 남자

꺾일 듯 무거웠던 사과나무들
만삭의 몸을 풀고
일열 종대로, 횡대로
단잠에 빠지는,

내 청춘의 꿈 같은 사과 향기
달콤하게 바람결에 깔리는

캘리포니아의 사과 농장

헬로~ 헬로~ 록 음악에 맞추어
클러치를 당기고 푸는
저 풋사과 같은 흰 장갑의 남자.

고래의 눈물

그날,
고래가 제 새끼에게 젖을 물리듯
내 머리를 쓰다듬어 주며 많이 먹으라 했던 엄마
부산 자갈치 시장 좌판에서 맛본
검고 찝찔했던 전쟁 속의 고래

작살에 끌려와 부두에서 피를 흘리던 고래와
포탄에 몰려 부산까지 내려온 엄마는
팔자가 띠동갑이었다
태어난 곳에서 살다가
늙어 죽지 못하는 박복까지도

태어난 곳에서 눈 감지 못하는 것이 얼마나
큰 한이라는 거
자갈치 부두에 누웠던 고래를 보고 알았다

비 뿌리는 몬트레이 해안에서
고래들의 울음소리를 들으며

넘어오는 슬픔을 꾸욱 꾹 눌러 참았다

그날, 나는 엄마의 삶을 마감시킨 전쟁과
고래들의 꿈에 작살을 꽂는 인류에게
이제 그만
제 태어난 곳에서 복을 누리게 해달라고
가슴에 손을 모았다

멀리 바다 쪽으로 사라지는
고래와 내 엄마의 눈물을 위해.

영역 표시

샌프란시스코 공항에서 가까운
앰버시 스위트 호텔
숙박비가 반값이다
시간이 아까운 일행들 외출 나가고
나는 침대에 누워 책이나 볼까 TV를 볼까

그때 막 착륙한 아메리칸 에어라인
가쁜 숨 내쉬면서
알 수 없는 영역을 표시,
난데없이
쓰나미에 일본 열도가 어떻고
주식이 어떻고
무상급식이 어떻고

묻지도 않는 소식을
한 비행기 부려놓고
귀를 때리며 이륙한다

오후 시간 몽땅 —에러
이유 있었던 반값의 숙박비.

유럽

동물 막사

포르투갈 국경 부근
스페인으로 넘어가는 야산에
지천인 나무들, 소부레로

코르크 병마개를 만든다고
허옇게 까발려진 나무의 아랫도리에서
근대 여인 잔혹사를 읽는다

밥그릇 수대로 줄을 서
먼저 들어간 군번의
뒤통수 바라보며
추스리고 나올 때를 기다렸다는
이토 히로부미의 동물 막사幕舍

전쟁은 끝나고
얼굴이 뭉개진 막사 속의 여인들
고향은 꿈도 꾸지 못하고
정신 놓고 저렇게 떠돌아다녔을 것

페이지마다 죽 죽 붉은 줄 긋고
다시 읽고 싶지 않은 책 소부레로.

허수아비도 스마트했다

유럽의 나라와 나라 사이
그리스 들판을 버스로 달린다
버스 창 밖으로
멀미나게 넓은,
땅 흘러간다

뒷짐 지고 노는 땅
확 갈아엎고
밀이나 뿌리고 싶은,
땅 흘러간다

아바타 우주 시대에는
돈 없어도 수거해 갈 사람 없는
우주 쓰레기,
땅 흘러간다

저 땅, 좀 어떻게?

스마트하게 차려입은 유럽식 허수아비가
내 속내를 짚어내고
택도 없다는 듯
바람결에 팔을 휘휘 내저으며,
땅 흘러간다.

장닭의 러브콜

과디아나 강江 조촐하게 흐르는
포르투갈에서 스페인으로 가는
국경 부근 휴게소

민예품 도자기 장닭 한 쌍 샀다
17유로
부적치고는 싸기도 했다
기적을 불러오는 영물이면 더 좋고
아니면 말고

버스 떠날라 허겁지겁 뛰어가 산
그 도자기 장닭
내 생의 어느 한때
아침인지 저녁인지 비몽사몽일 때
목청 높여 내 이름을 불러줄
러브콜— 놓칠 뻔했다.

사도행전 기념수

이집트 사막에는
예수의 제자들이 피와 살을 짜내어
말씀을 옮겨 써놓으며 걸어간 길이 있다

오늘도 그 길에
땡볕은 사정없이 내려쬐고
한 방울의 물을 아끼려고
잎을 조막손처럼 오그려 붙인
올리브나무들이
붉디붉은 꽃을 피워내며
신 사도행전 쓰고 있다.

명품은 액자에

유럽의 명품들
비잔틴, 클레오파트라, 블루 모스크,
파라오, 피라미드, 폼페이, 콜로세움……

그 중에서도 구입하고 싶은
고가 브랜드는
터키산 케말파샤 아타투르크

머리맡에
달랑 담배 한 갑 남긴 얼굴
집집마다 액자에 넣고 바라본다니
명품은 명품이네.

* 케말파샤 아타투르크 : 터키의 개혁가, 청렴했던
　초대 대통령.

슈바빙의 안개

안개 수렁, 슈바빙에 가면
전혜린이 생각난다
다시 읽고 싶은 책
『그리고 아무 말도 하지 않았다』

카페 한 귀퉁이 칸델라 불빛 아래
빵 대신 커피를 마시며
안개와 실랑이하던
내 친구의 언니
오늘 너무 보고 싶어라

옥탑방 주홍색 커튼 사이로
미네르바의 부엉이는 밤마다 울었다고
일기에 고백하고 '그리고 아무 말도 하지 않은'
'생의 한가운데'

슈바빙의 거머리 같은 안개들
잠시 지나는 내 옷깃에 매달려

멜랑콜리한 음성으로
또 외로움을 호소한다

그녀의 딸
지금 얼마나 자랐을까.

* 슈바빙 : 독일 예술가들의 거리. 심한 안개지역. 미술관, 박물관이 30여 곳.
* 전혜린 : 1934년 출생. 수필가이자 번역가. 독일 뮌헨 대학을 졸업했으며 귀국
  해 대학 교수로 활동하다가 31세에 자살. 번역서 『어떤 미소』, 『한 소녀의 걸어
  온 길』, 『생의 한가운데』, 『데미안』 등 다수와 유고집 『그리고 아무 말도 하지
  않았다』 출간.

유럽의 푸른 눈

10월부터 눈이 내리면
이듬해 5월까지는 적막강산인
해발 1000미터 노르웨이 송내 브릭스달 피오르드

산꼭대기에는
유럽의 푸른 눈이라 이름 붙인
얼음덩어리가
언제부터인지 얼마인지
세상 모르는 두께로 얹혀 있었다

얼음이 녹아 미끄러지면서
가속도를 내면서
지표를 깎아내어
빚어낸 예술품이 피오르드다

내가 탄 버스가
한 마리 배추벌레처럼 꿈틀거리며
절벽을 기어오르고

누군가 선곡한
송 오브 시크릿 가든의
"You raise me up" 감미로움을 눈으로 듣는
특별한 아침

일방통행이어야 딱 좋은
엇나면 바로 절벽인 아슬아슬한 길에서
마주 오는 차를 만나면
숨 막혔던 내 생의 어느 한때처럼
아찔하게 밀려오는 현기증

빙하 바로 아래에는
쇄도하는 얼음조각들
올인하는 순간의 섬광이
절벽에서
피오르드의 꽃으로 피어나고
물보라와 무지개로 걸린다

살생 버스가 가까이 가도
길 가운데서 태평스럽게 놀고 있는 염소들

골짜기, 빙하, 폭포, 바위, 맑은 공기
야생꽃들, 목제가옥들
소와 염소의 양식 창고

〈솔베이지 송〉의 그리그가 남긴 일기
"경이롭고 신비한 만족감,
9화음을 찾아내면서 내가 만끽했던 환희……
나는 너무나 기뻤다. 대성공이었다.
그때 이후 어떤 것도 날 그만큼
흥분시키지 못했다."

브릭스달 피오르드
신비, 환희, 만끽하셨을 하나님
대성공이었다
어떤 것도 이만큼 흥분시키지 못했을 것이다

어색하지 않았다.

* 피오르드 : 산정에 지붕처럼 덮인 빙하가 녹아내리면서 지표를 U자로 침식, 협
곡을 만들어 작은 폭포들이 생기고, 계곡으로 바닷물이 유입되어 크고 작은 호
수가 형성된 만(灣). 그림 같은 집들과 아름다운 자연 경관으로 북유럽 여행의
하이라이트.

행복지수, 덴마크

행복이
질 좋은 이 나라 우유처럼
철철 넘친다, 그거지?

벤츠나 BMW 번호판을 단
거리의 택시들이
요리조리 골목골목
실어 나르는 것이 행복이다, 그 말이지?

으음,
그래서 덴마크 사람들은
밤인지 낮인지 헷갈려도 행복하고
영하 30도로 발이 꽁꽁 얼어붙어도 행복하고
육개장 한 그릇이 한국 돈으로
3만 원 해도 개념 없으니
아침에 눈뜨면 행복하고
빵 구우며 행복하고
이혼하며 행복하고

노래방이 없어도 행복하고
꿈도 행복 꿈만 꾼다, 그 말이지?

국민의 45%가
혼자 살며 행복을 누린다, 그 말이지?
키에르케고르
안데르센만 있으면 된다, 이거지?

조금 행복한 사람들에게는
많이 행복한 사람들이 행복을
치즈 자르듯 잘라내어
척 척 나누어 준다, 그 말인가?
그래서 덴마크 사람들이
행복을 자백했다, 그 말이지?

으음, 그만해.

* 2012년 갤럽 조사에서 덴마크의 행복지수가 세계 1위라고 발표.

노르웨이 통신

웃방의 누에는 낮이면 낮
밤이면 밤
문이란 문 모두 닫아걸고
담요 덧씌운 방에서
뽕나무 잎을 먹고 먹으면서
잠만 잔다고

양계장의 닭은 100촉짜리 전구 아래에서
낮이고 밤이고 문 닫아걸고
알만 낳는다고

노르웨이 통신이 전했다.

스웨덴 인상

왕 승계 순위 1번인
빅토리아 공주가
세 번째 동거남과 결혼했다는

30년 전 왕자 시절에
포르노 클럽에 간 사실이 들통난 왕이
기억이 나지 않는다는 말
되풀이하고 있는 중이라는

몇 번이고 파트너를 바꾸면서
깨물어보고 눈 흘겨보고 꼬집어보고
정식 결혼을 한다는
그래도 절대로 흉터가 남지 않는다는

결혼 전의 일은 모두가 무혐의로 끝난다는
연애 천국 그 나라 출신 잉그릿 버그만이
〈누구를 위하여 종은 울리나〉에서
웬 내숭?

게리 쿠퍼에게 키스하는 법을 물어본
그 장면, 참 굉장했지

쓸데없는 것만 골라 기억하는
내 뇌세포도 한 번 바꿀 때가 되었나본데.

불편한 햇살

아홉 시간 비행기를 타고
모래 속 검은 달러로 모래성을 쌓는 나라
카타르에 도착
도깨비방망이 같은 기름 기적을 감상하고

다시 여섯 시간 날아서
낮 같은 밤
광택이 나는 밤
노르웨이에 도착

고양이 눈처럼
틈을 노리는 햇살과 밤새 티격태격.

안데르센식 복지

애들아,
공주를 사랑하는 난쟁이들이
숲속에서 행복하게 살고 있었단다

예쁜 집에서
소와 양과 염소를 키우면서
맑은 공기를 마시면서
아주 아주 평화롭게 행복하게 살았대

그런데
이 숲속에는
딱 한 가지 엄한 규율이 있었더래
그것은
밖에 나가 로또 당첨처럼 왕창 왕창 버는
능력 있는 난쟁이가
집안에서 꼬무락대는
게으른 난쟁이들을 위해서

벌어온 돈 50%를 척척 내놓아야 한다는 거야
혼자 감추어 두지 않는다는 거지

애들아,
너희들도 이렇게 서로 도우면서
사는 것이 훌륭한 사람이 되는 길이란다
피― 동화라고?

동화가 통하는 나라 덴마크.

브릭스달 폭포

저 무지개 빛
노르웨이의 황홀.

빅 세일

로마 표

콜로세움에서

불티나게 팔리는

네로를 보았다.

몽골

독방

구름 몇 점
바람과 들꽃뿐인
칭기즈 칸의 말발굽소리 아득한
평수 넓은
이 독방의 새 입주자는 누구인가.

녹색 표지판

패스 프리

패널티 없음

제한속도 없음

어떤 배색도 끼어들 수 없음

빨간불 없는 녹색지대.

99

그리운 고려 처녀

몽골 초원 한 모퉁이
판자로 지은 가겟집
더운 물 끓여
컵라면에 그득 그득 부어주던 주인 여자
800년 전 고려에서 붙들려온 꽃다운 처녀들,
그 중의 하나
늙어 맘 좋은 아주머니 된 거 아닐까?

저녁이면 고려인들
슬픔 깔고 앉아 한숨 쉬며
마유주 나누어 마셨을
나무 의자에서,
컵라면 맛있게 먹은 가겟집

이모 얼굴 빼닮은 그 여자를
내 카페에 올려놓고
심심할 때마다 들여다본다.

* 마유주 : 말의 젖으로 만든 몽골 술.

돌 하나 주워
공손하게 올려놓으면

아가, 먼 길 조심해서 가거라.

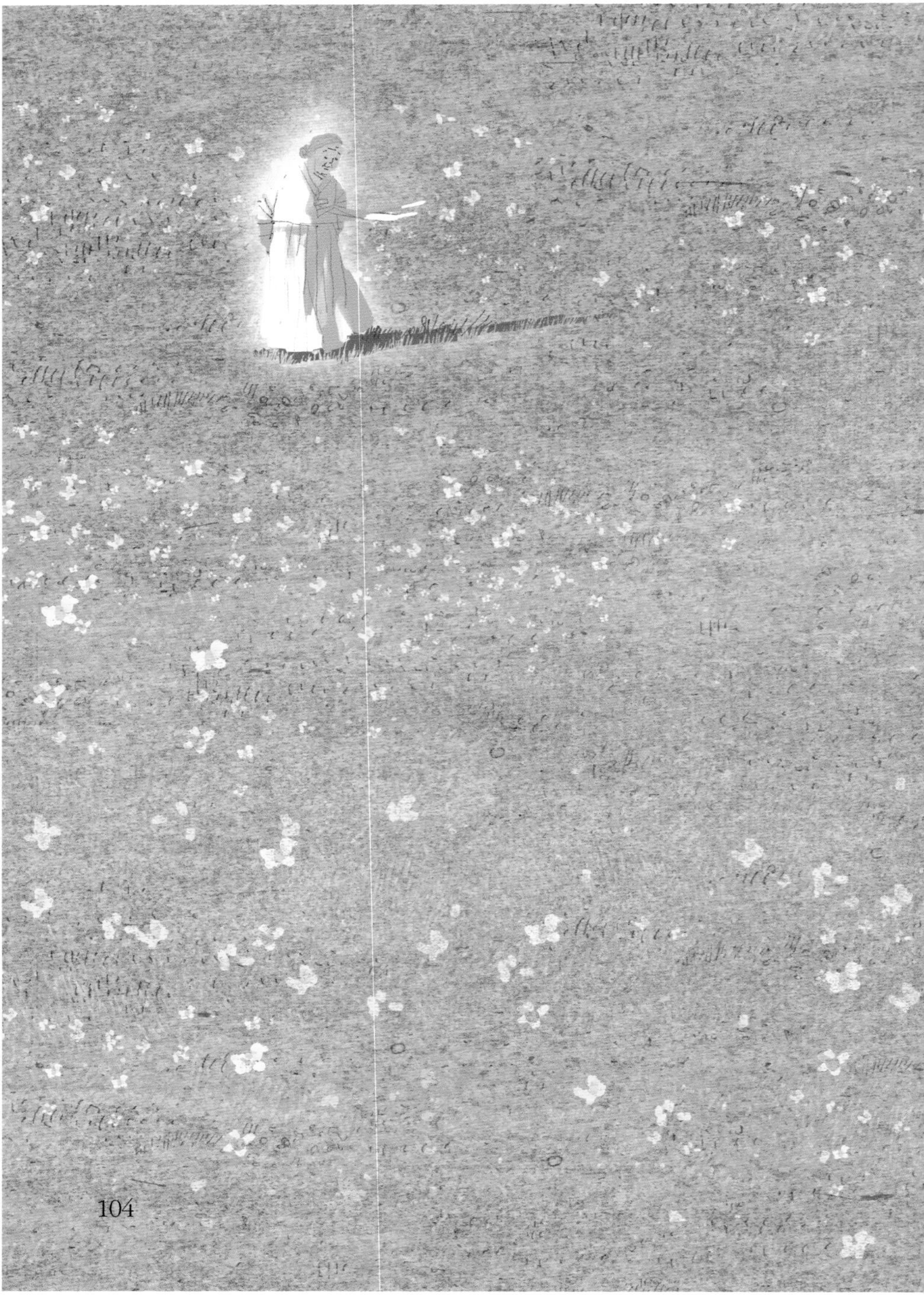

약탈도 문화

하늘도 땅도 다 안다
약탈해 간 고려 처녀 400명
고려사가 증언하는
원조 약탈의 땅에서
몽고반점이 닮은 사람들과
잔 부딪치며 밤새 마유주 마셨는데.

주인은 하나님

초원은
하나님이
씨 뿌리고 거두는 땅
바람의 세기며
들꽃의 향기며
구름의 색깔하며
따끈따끈한 햇볕

그 안성맞춤.

아시아

앙코르와트

물끄러미

저들의 묵비권을

물끄러미 물끄러미.

* 앙코르와트 : 캄보디아 앙코르 문화유적. 바라문교 사원. 1861년 프랑스
식물학자가 정글 속에서 발견. 복원 불능.

캄보디아 숲속

네 벽 속에서
네 활개 펴고
곯아떨어진 곰을 보았다

곰의 옆구리에서 흘러나온
검은 액즙이
몇 개의 튜브에 분할되어
환산되는 달러를 보았다

쓸개 빠진 곰이
쓸개 빠진 줄도 모르고
휠체어에 실려
축사 쪽으로
돌아나가는 뒷모습을 보았다

캄보디아 숲속에서
내 배에 손을 얹어

밸브가 꽂혔던 자리를 어루만지며
밖으로 나왔을 때
눈총처럼 따가웠던 햇볕.

공항의 자정

아랍에미리트 공항의 자정
차도르를 쓴 아랍 여인들의 눈이
유목민의 막사 위를 통통 구르는
순금의 별빛처럼 아름다운 밤이었다

공항 청사 천장에 매달린
불란서풍의 샹들리에 불빛이
밤안개처럼 매혹적인 밤이었다

물을 찾아 떠돌던 그들의 조상
유목민들처럼
낙타가죽으로 몸을 감싸고
모래벌판을 맨발로
뛰어다니고 싶은 밤이었다

마피아 같은 오일 머니
밀물처럼 흘러들어왔다

썰물처럼 빠져나가는 정거장
아랍에미리트의 밤이었다

미인 넷을 거느린 아랍 남자가
007 가방을 움켜쥐고
의자에서 졸고 있는 밤이었다

칠성급 호텔이
사막의 혼령같이
신비스러운 빛을 뿜어내는 밤이었다.

이광요의 싱가포르

정치에 관심 없는 나라
신문, 팔리지 않고
야당, 시민단체는 구색으로
사치품 담배 술 자동차에 세금 억 억

이광요의 허락 없이는
침도 뱉지 못하는 나라
GNP 5만 불의 나라

잘 꾸며진 공원 같은
서울보다 작은 나라에서
나는 배부른
벽 속의 착한 수인囚人처럼.

＊ 이광요 : 싱가포르 전 수상. 강권정치로 싱가포르 경제를 발전시킴.
    20세기 최고 지도자로 선정.

116

티티카카 티티카카

비행기 속에서 스물 몇 시간,
밥 먹고 잠자고 영화 보며
당도한 남미 페루
코에는 산소 병
입에는 타이레놀
우주인 동작 슬로우 슬로우

심장의 엔진 무사한가
가슴 어루만지며
지구상 더 이상 높은 곳은 없다는
티티카카 호수

인류가 4년은 나누어 먹을 수 있다는,
아직은 공짜인 그 기적 같은 물에 당도하여
바친 시간과 비용, 열 배로 보상받으며

풀잎 엮어 만든 배를 타고
순도 100프로의 금싸라기 햇빛과 랑데뷰

배 불쑥 나온 인디오들과
손짓 발짓으로
사진도 찍고 수예품도 챙기며
즐거웠던 에덴의 동쪽

티티카카 새가 티티카카 하고 운다고
티티카카인 그 호수
짝 잃은 티티카카 새가
물 속에 머리를 박고
티티카카 티티카카
오늘 밤도 나를 부르고 있을
그리운 중남미.

* 티티카카 호수 : 페루와 볼리비아 국경지대에 있는 남미에서 두 번째로 큰
   담수호. 세계에서 가장 높은 곳에 있는 호수.

아와지 섬

간사이 공항에서 해안선 따라
남해대교 떠올리며
고베 아와지 섬으로 가는 길

도로변의 나지막한 건물들 굴뚝에서
지칠 줄 모르게 솟구치는 연기를 바라보면
배 아픈 병 도진다
징용병, 신사병, 성씨개명병,
코끼리밥통병, 내쇼날병, 긴좌병……

왕소금 같았던
후쿠오카 감옥의 윤동주
한용운 이육사 유관순 님들
명부冥府에서 잘 계시는지요
독도는 잘 있습니다

아와지 섬으로 가는 길

홍등가

아사히카와의 라벤더 농원
블루 다이아몬드 같은
새벽 이슬을 목에 걸고
야하게 손짓하는
그 얄미운 보라색 꽃미녀들

그 야한 손짓에 끌려
꽃베개 하나 샀다
잠들지 못하는 밤
내 머리맡에 앉아
라벤더 향기 솔솔 뿌려주며
내 불면을 쓰다듬어 줄지도 몰라.

152

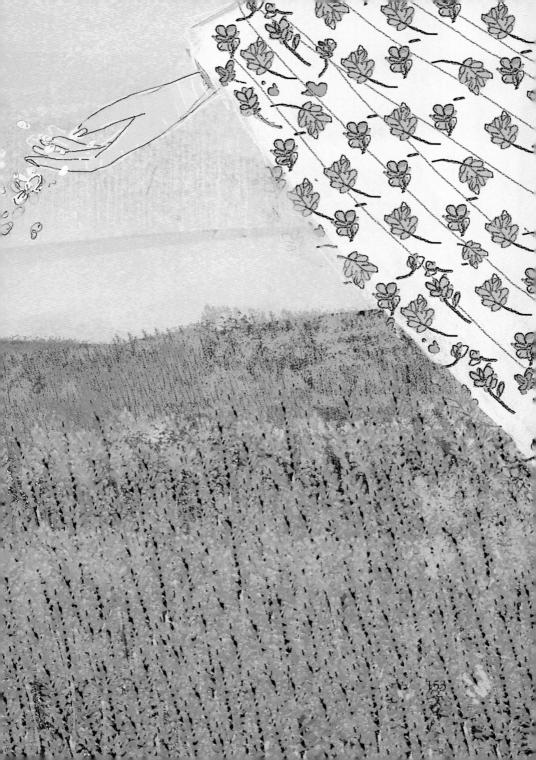

도야꼬 호수

무심에 추를 내리고
깊이를 재는 배 한 척 떠 있고
내 얼굴의 잔주름살까지
헤아리는 물거울
도야꼬 호수

맑은 물 속에 스며든
고운 마음결들 들여다보며
나, 그곳에
한 그루 나무가 되고 싶다

사람 타지 않는 가슴 흰 갈매기들과
무위의 금빛 햇살
어루만지는 달큰한 바람과
한 식구가 되고 싶다

초록옷 입은 나무장정들
초록이어서 든든하고

예정 없는 우리의 생이
어느 날
금빛 종소리를 따라
이런 곳으로나 당도한다면
죽음도 축복 아니리.

중국

늦은 조문

'윤동주 생가' 라 쓴
먹물 글씨 앞에 못박히어
조용히 불러 본다
'윤동주'
생전에는 이루지 못한
그의 시집
『하늘과 바람과 별과 시』를 안고

조화처럼 생기 없는 그의 생가
마당을 둘러보고
마루에 앉아보고
우물터 들여다보고
그의 얼굴 저장하고

동네 사람 누구라도 붙잡고
"조선의 피,
윤동주 이 사람을 절대로 잊어서는 안 됩니다

이 집 좀 잘 지켜주세요"
그의 영혼 가끔씩 내려와
돌아보고 갈 그 빈 집.

"죽는 날까지 하늘을 우러러
 한점 부끄럼이 없기를……"   — 윤동주, 「서시」

쉬— 쉬— 입에 손을 대고

찢겨진 페이지 한 쪽
고구려 임금 광개토대왕과
그의 아들 장수왕, 신하들 잠들어 있는 집안
쉬— 쉬—
입에 손을 대고
렌즈를 들이댄 그곳
눈 빠지게 초점을 맞추어
셔터를 누르는 것은
죽은 자식 고추 만져보듯 계면쩍었던 일

중국이 호태왕이라는 이름으로
세계문화유산에 등재
결코 인화될 수 없는 이 피사체를
사진에 담으며

찢겨진 페이지 한 쪽으로
얼굴 가리고 쉬— 쉬—

자정토록

조선 사람들과

청맹과니처럼 노래나 부르며, 쉬―쉬―

* 시호 : 국강상광개토경평안호태왕(國岡上廣開土境平安好太王)
* 집안 : 옛 고구려 수도. 길림성 집안현의 압록강 중류 북안에 있는 도시. 고구려 광개토대왕비와 장수왕릉, 고구려 유적이 많음. 중국이 2004년 세계문화유산으로 지정. 고구려 고분 약 1만 2천 기가 있음. 조선족 약 1만 명 거주.

아버지의 뼈

집안은 심양에서 다섯 시간
조선말 하는 1만 명이 입양아처럼
눈치껏 살고 있는 땅이었다
강원도 어느 산골마을 같은 곳

우리의 왕이었던 분이
그 신하들이
날리지 못한 화살촉을
통증으로 끌어안고 묻힌 곳

37톤의 비碑에 새긴
주술呪術문자 1700자

고추장에 고추 찍어 먹는 사람들은
함경도 사람보다 더
함경도 사투리를 썼다

내 아버지의 아버지

그 아버지의 아버지의 후손들이
그 땅에서 키운 멧돼지 고기
돌판에 구워
서로 입에 넣어주며
안녕을 빌었던 곳

오랜만에 내 아버지의
그 아버지의 혼백들도
얼굴을 펴고 한 잔 받으셨을 밤.

사발 까시기, 근대사

북에서 온 편지에
'형님 뵙고 싶습니다' 라는 말은
'형님 배가 고픕니다' 라는 말이고

연변에 형님 한 분 있어
일 년에 몇 번 편지를 주고받으면
북에 사는 동생은
금광을 하나 가진 것이나 다름없고

시어머니 될 사람이
한국으로 사발 까시기를 간 신랑감에겐
처녀들이 익은 개살구 떨어지듯
발치에 자빠지고
어떤 집에서는 사발 까시기 가지 못해
목매 죽었고

독 오른 뱀이 득실거리는 풀숲에서

골프공을 찾아내는 일을 하고 있는
청도의 조선족 아가씨
내게 근대사를 열심히 가르쳐 주었다

한국으로 가 사발 까시기 하는 것이
그녀의 미래라던
그 아가씨
지금 어디에서 꿈을 이루고 있는지.

* 사발 까시기 : 그릇 씻는 일, 설거지.

심양의 아방궁

심양에서
어느 하루 파라오의 여자가 되어
루비와 에메랄드로 꾸며진
파라오의 특별실에서 비스듬히 누워
몽골의 공주처럼
두 발을 스물 나이의 손들에게 맡겼던 것은
여행 중의 복이었다

열두 제자의 발을 씻어주듯
땀방울을 흘리며
파라오의 여자들에게 봉헌하는 손들이
발에 향유를 붓고
별자리를 찾아 어르고 달래는
마사지를 받는 것은
여행 중의 복이었다

여자들의 치마폭으로

곤두박질쳐 내려오는
흑보석 같은 사막의 별들을 주워담으며
내 몸의 마디마디 뼈들이
어우러져 춤을 추는 것도
여행 중의 복이었다

파라오의 살 냄새 느끼했지만
"여행은 즐거웠음. 발 마사지 추가.
파라오의 아방궁에서"
메시지 전송하는 것도 여행 중의 복이었다.

운 가슴과 열정에 담아 촌철살인하는, 압축된 문장을, 짧은 시간에 지어 올리는 시작詩作 아닌가.

가장 뛰어난 시詩 문장들 아닌가.

결코 시인들의 혼과 무관하지 않은 '유리창', 귀하고 값있는 곳, 이곳의 문화적인 가치에 숙연해지기도 했다. 잘 간직되어야 할 곳이다.

당대의 학계와 문화계를 이끌어간 사람들이 이곳에서 만나 차를 마시며 정보를 수집하고, 서로 경쟁하며 북돋우며 교류했으리라. 그들의 반듯한 옷자락이며 고아한 품새가 골목 이곳저곳에서 희끗희끗 우리를 반기는 듯했다.

급제해도 낙제해도 들렀던 곳, 낙제하면 더욱 입술을 깨물고 이곳 '유리창'으로 돌아와서, 흐트러진 마음과 문방구를 추스르고 다시 시작해야 했던, 그 시대 선비들의 고뇌도 짚어보았다.

이곳에서 추사의 〈세한도〉가 생각난다. 추사의 제자인 우선 이상적이 역관譯官으로 북경에 갔을 때, 제주도에 유배된 스승 추사에게 구해 보냈다는 『만학집』이나 『대운산방집』도 이 '유리창' 서점가에서 구입하지 않았을까. 속 깊은 제자 우선은 유배생활을 하는 외로운 스승을 위하여 멀리서 책을 구해 보내드리고, 그 감사의 표시로 나이 59세에 완성한 생애 최고의 명작 〈세한도〉를 추사에게서 선물로 받았던 것, 그는 그 그림의 출중함을 중국에까지 가지고 가서 인정을 받았다고 한다. 추운 겨울을 지나봐야 송백의 절개를 알 수 있다는 서늘한 뜻이 담긴 〈세한도〉는, 제자에게 고마움을 표시한 추사의 애틋한 마음과 공자의 글이 어우러져 더욱 감동스럽다.

제자 우선은 그 당시 70여 명의 중국 명사들과 교류했다고 문헌은 전한다.

유배되기 전 추사가 정사正使를 수행하여 북경에 가면, 제일 먼저 숙소를 빠져나와 달려갔다는 곳이 바로 '유리창'이었다니, 품질 좋은 문방구를 찾아 이 골목을 이리저리 누볐을 추사가 더욱 존경스럽다. 이런 유서 깊은 곳에서 우리들은 오래 서성이고 싶었다. 희망과 절망이 서려 있고 그들의 묵향, 그들의 예술혼과 학문적인 고뇌와 풍류가 배어 있는 그곳에서, 그들의 체취를 느껴보기 위하여 골목골목을 심각하게 더듬었다.

본격적으로 이 거리가 흥청거린 것은 청나라 때 그러니까 17세기 강희황제 때였다고 한다. 우리나라에서는 조선 영조 때 『담헌집』을 저술한 실학파 홍대용, 『지봉유설』을 저술한 문신 학자인 이수광, 연암 박지원 등 조선시대 선비들이 이곳에 드나들었다고 한다.

연암 박지원의 『열하일기』에도 이 '유리창'이 감명 깊게 기록되었다는 것을 보면 이곳이 얼마나 유명한 곳인지 짐작이 된다.

1780년경에는 그 규모가 280만 칸이었다고 하니 짐작하기도 쉽지 않은 규모이다. 중국의 규모란 보지 않으면 상상도 할 수 없는 기상천외의 것들이 많았지만 이 거리 역시 상상을 초월한다.

⇨ 유리창 거리에 진열되어 있는 골동품. 불상, 도자기, 벼루, 인장의 재료 등.

그러나 중국도 지필묵이 전문가에게만 필요한 시대가 되었음을 말해주듯 지금은 네 골목밖에 남지 않았다.

'유리창'에는 우리나라 인사동처럼 각종 인장의 재료인 질 좋은 돌이 많았다. 동 제품의 다기, 불상이니 하는 골동품을 닮은 물건들이 진품과 섞여 진열되어 있다. 화가가 직접 그린 족자 그림, 두루마리 그림, 액자에 넣은 화조, 산수화, 인물화 등, 그림을 파는 가게도 많았다.

서점에는 화가들의 그림이 작은 책자로 소개된 화첩이 많았다. 페이지마다 액자에 넣어서 벽을 장식해도 좋을 수준 높은 그림들이었다.

중국인의 솜씨로 정교하게 조각된 명품 벼루들도 많았다. 벼루며 먹이며 붓, 어느 것 하나 중국이 원조 아닌 것이 없다.

우리는 그 거리를 거닐면서 감회에 젖었다. 글과 그림과 풍류를 가까이 하던 옛사람들이 왕래했다는 사실 하나만으로 그곳이 정다워졌다. 문향과 우정을 더듬어 헤아리는 마음은 유정했다.

우리들의 애정 어린 마음은 그곳의 물건들이 모두 좋아 보였다. 친근하게 느껴져 딱히 필요하지도 않은 그림을 싼 값으로 구입하기도 했다. 오늘을 사는 가난한 예술가들에 대한 일종의 사랑의 감정도 포함되어 있었다.

예쁜 도자기에 담은 인주를 하나씩 사면서 다음 시집에는 낙관을 이 인주로 찍어야겠다는 생각을 하기도 했다.

한 권의 시집을 묶어놓고 맨 마지막에 정성을 다하여 낙관할 때 쓰이는 인주. 그 붉은 빛, 그것은 저자의 마지막 기원이기도 하다.

한국과 중국 간의 문학 교류의 물꼬가 트여 제2차 한·중 시인대회를 북경에서 뜻 깊게 마치고, 그곳을 떠나면서 몇 군데 들러본 곳 중에 '유리창'은 꼭 보존되어야 할 동양문화권의 '태胎' 같은 곳이라 생각했다.

그 옛날 선비들이 남기고 간 행적을 잠시 더듬어 헤아려 보았다. 마음 깊은 곳에서는 늦은 봄, 산봉우리에서 녹아내리고 있는 잔설 같은 아릿함이 피어났다. 기억 속에 오래 남아 있을 곳이었다.

인도, 한 조각의 자취도 남지 않는다

　인구로 보나 땅 넓이로 보나 대국인 인도를 법정스님은 "인류 사회의 지혜로운 스승을 가장 많이 배출한 인도의 정신적인 토양이 그 어떤 물질적인 부富보다도 높고 귀한 존재임을 느낄 수가 있다"고 했다.
　인도 시인 타고르의 시 한 편을 소개한다.

신께 바치는 노래

　"당신이 나에게 노래를 부르라고 명령하실 때
　나의 가슴은 자랑스러움으로 터질 것 같습니다.
　나는 당신의 얼굴을 바라보면서 뜨거운 눈물을 흘립니다."

　"잠시 동안이라도
　당신의 곁에 있을 수 있는 은혜를

기다리고 있습니다.

지금 처리하고 있는 일들을 나중에 하도록 하겠습니다."

"나의 욕망은 산더미처럼 크고

나의 울음은 처절합니다.

하지만 당신은 언제나 거절로 나를 구원하여 주었습니다.

날마다 당신은 나를 거절하면서

나로 하여금 당신을 더욱 온전하게 알게 하십니다.

두렵고 불안한 욕망의 위험에서 나를 보호합니다."

— 「기탄잘리」에서

인류의 정신적인 기둥들인 붓다, 마하트마 간디, 타고르를 배출했고, 노벨문학상 세 번 수상, 잠재력 1위에 핵무기까지 보유한 문명의 발상지, 인도는 기내에서 세 번이나 식사를 했을 만큼 먼 거리에 있었다. 과거 봄베이라고 배운 뭄바이에 도착, 트랩에서 내리자 눈길을 잡아끈 것은 이 나라 문자였다. 바람 부는 날, 빨랫줄에 걸린 빨래처럼 출렁거리는 문자, 머플러 무늬로 제격인 아름다운 문자. 그 문자 아래에는 어김없이 영문 알파벳이 표기되어 있었다. 영국 지배 150년이 새겨놓은 문신일 것. 우리네 36년은 약과라 해야 하나?

겨울이라지만 체감온도는 한여름이다.

잠재력 1위라는 기사는 오보인지, 숙소로 이동하는 동안 영국이 진탕치고 간 허름한 건물들이 도깨비굴처럼 을씨년스러울 뿐, 들썩이는

189

인도의 상가 거리.

기색은 볼 수 없었다. 내려앉은 담과 깨진 유리창들은 돌보지 않은 환자처럼 환부가 깊었다. 수리할 예산이 없다는 쿠바나 슬로바키아의 형편과 다르지 않아 보인다. 전력 부족하고 문맹율 높은 것은 과거 공산권 국가들의 공통점이다.

가난은 고통이고 물질의 풍족이 행복의 지름길이라는 생각은 서양식 사고방식의 고질병이라는, 백 번 맞는 법정스님의 말씀.

"인도 하면 흔히 가난의 대명사처럼 얘기하는 사람들이 많다. 하지만 그것은 우리가 물질생활의 풍족함과 모자람을 가지고 인간의 삶을 재려는 잘못 길들여진 서양식 사고방식을 가진 탓이다."

일명 바라나시라고 불리는 강가 강변에서 열리는 '푸자'는 전 인구의 70퍼센트 이상이 믿는 힌두교 예배 행사이다. 일몰 후에 열리는 이 '푸자'를 보아야 인도를 보았다 할 수 있다.
일정상 우리는 그날 꼭 그곳에 도착해야 했는데, 날은 저물어 가고 시간은 촉박했다.
힌두인들은 죄를 면제받고 복을 빌고 죽음을 맞기 위해 길을 메우며 엑소더스처럼 몰려갔고, 우리는 그 광경을 취재하기 위해 결사적으로 끼어들었다.

길 양 옆에는 거적을 쓴 환자들이 쓰레기 뭉치처럼 널브러져 있다.

피고름이 흐르는 다리가 거적 밖으로 삐죽 나오기도 했고, 파리가 들끓었고, 신음소리가 뒤통수를 잡아당겼다.

전국에서 모여든 임종 직전의 중증환자들이다.

불가촉천민이란, 말 그대로 접촉해서는 안 된다고 못을 친 천민계급을 말한다. 1950년에 헌법으로 폐지되었다지만 이름만 폐지되었는지 도처에 접촉할 수 없는 사람들이 우글거린다.

세상에 이런 일도…… 열두 지옥이 있다면 바로 이런 곳이 아닐까.

어두움까지 공포로 변했다. 죽음을 기다리는 중증환자들의 신음소리와 강변의 인파, 이 광경이 관광거리라니.

검은 피부와 부딪힐 때면 여권은 잘 있나 가방부터 점검했다. 나를 싣고 달리는 인력거꾼의 움푹 들어간 눈이나 미이라 같은 손을 내밀며 쫓아오는 걸인들은 무기처럼 오싹했다. 코로 스며드는 역한 냄새, 사람과 자전거, 대형자동차, 소형자동차, 오토바이, 소, 개, 아이들, 모두 뒤범벅이 되어 범람했다. 흘러가지 않으면 사고가 날 듯하다. 오토바이와 부딪힐 뻔했다. 자본주의에 물든 나는 보험도 없을 텐데, 걱정하며 간이 오그라들었다.

길 양쪽에는 가게들이 늘어서 있다. 황천으로 가는 길에도 필요한 것은 많았다. 콜라 가게, 옷집, 구두 수선집, 만두 가게, CD 가게까지.

살아서는 행복을, 죽어서는 극락을 염원하는 인간의 끊어지지 않는 오욕칠정은 죽음 앞에서도 포기되지 않음을 보았다. 인류를 이어가는 원초적인 동력일지도 모르겠다.

바라나시의 이 진기한 장면을 윤향기 시인은 이렇게 기술했다.

"한 끼를 걱정하며 발걸음을 옮겨야 하는 자유, 송아지를 길거리에서 낳아야 하는 자유, 잠자리가 매일 달라지는 자유, 병들었을 때 혼자 감내해야 하는 자유, 죽은 후 길에서 혼자 썩어야 하는 자유를 보았다."

시인이 지적한 자유를 체감했다.

소가 길을 막았고, 배설물 투성이였고, 마이크가 고성으로 아우성쳤고, 혼자 죽어갔고, 119도 병원도 동정도 필요하지 않은 자유 천지를.

인도는 만 개가 넘는 신을 모신다. 신과 함께 먹고 마시고 뒹군다. 나무신, 사람신, 산신, 소신…… 동물신, 식물신, 누가 신이고 누가 신이 아닌지 구별도 없다. 강가 강 신을 어머니라 부른다. 모든 것은 신의 뜻이다. 불행도 신의 뜻, 가난도 신의 뜻이다. 구걸하는 사람들의 얼굴에서 어떤 불화도 찾아볼 수 없었던 것은, 바로 그들의 신앙 때문이라고 할까.

강변, 수십 개가 넘는 노천 다비장 '가트'에서 빈약하기 짝이 없는 장작을 쌓아놓고 통돼지구이처럼 시체를 태운다. 지은 죄업 흰 빨래처럼 희어져 강가 신의 품에 안겨 천국으로 가라고, 강변에서 임종하고 화장하고 뼛가루를 뿌리는 인도 사람들, 죽어서도 살아서도 강가 강은 구원의 강이다.

강가 강이 흐른다
　　죄를 씻어내고
　　먹고 마시고 빨래도 하라고

　　어머니 강가는
　　사람들이 내다 버린
　　천만 가지 번뇌를 치마폭에 싸안고
　　널널하게 깊고도 맑게 흐른다
　　어머니들은 인류의 신이다.

'푸자' 가 한창인 강변의 밤, 낮보다 더 밝은 조명, 불덩이를 돌리며 몸을 흔드는 근육질의 남자 몇, 에코를 먹인 만트라 음악이 귀청을 때리는, 영락없는 디스코텍이다. 신이 강림할 것 같은 스필버그의 영화 한 장면이다. 사람들이 울부짖듯 기도하며 신을 찬양한다.

유한하고 고통스런 영육을 신에게 맡기고, 기도하고 찬양하면서 편안해진다는 것은 얼마나 큰 축복인가.

신과 사람이 어우러져 벌리는 한판 굿 같은 힌두교 제례의식을 본 후, 강물에 작은 배를 띄웠다.

　　히말라야 빙하에서 발원해
　　12억 인도인의 염원을 관통하면서
　　깊고도 맑게 흘러가는

강가 강물 위에 꽃촛불을 켜고
문득 생각난 내 친구 며늘아기의 불임증,
막힌 태의 문을 열어달라고, 간곡히 부탁했다.

하늘에서
생뚱한 눈으로
별 하나가 내게 물었다.
"너는 강가 강으로 갈 준비가 되었니?
저들처럼 믿음직한 강가 강을 품어보았니?"

헐벗음을 깨달은 내 영혼이
스며드는 한기로 뼛속까지 추웠던 밤이었다.

대단한 유적들

왕궁들, 무덤들, 사원들, 오랑가바드, 타지마할, 엘레판타 섬, 엘로라 석굴, 아잔타 석굴, 카주라호, 아그라, 델리, 미투라, 마투라, 녹야원, 타지마할 왕비 무덤.

인도에서의 파격은 힌두사원 외벽 내벽 층층에 정교하게 조각한 섹스 장면과, 새벽녘에 본 강변의 도인들이었다. 자신의 남성을 막대기로 감아 비틀어대며 퍼포먼스를 즐기던 팬티도 입지 않은 남자 넷, 대도大道는 무문無門이라 했던가.

퍼포먼스를 끝내고 동쪽에서 막 떠오르는 태양에게 절을 하고, 모닥불 앞에 모여 천연스레 차를 마시던 도인들. 옷이라는 것, 남의 시선이라는 것, 규율이라는 것이 무슨 소용이냐는 듯 벗은 채로 담배도 피우며 사진을 찍으라고 포즈까지 취해주었다.

3D 안경으로 본 영화처럼 정신 산만하게 지나간 열하루, 인도는 그런 곳이었다.

바라나시에서 거행되는 힌두교의 종교의식 '푸자'와 노천 화장장─강변으로 가는 길목 바라나시에서 받은 그 날의 초현실적인 상황은 오래도록 뇌리에 남아 있을 것이다. 사물에 신이라 이름 붙여놓고, 현실적인 고통을 신의 뜻으로 돌리고 감내하며 편안해지는 인도 사람들, 인간에게 신을 보낸 조물주는 인류의 구원자라 할 만하다.

1986년 2월 7일 크리슈나무르티가 남긴 마지막 말이다.

"저는 오늘 칠십 년 동안 슈퍼 에너지, 아니, 엄청난 에너지, 거대한 지성이 이 몸을 사용해 왔다고 말씀드렸습니다. 얼마나 엄청난 에너지와 지성이 이 몸을 거쳐갔는지 이해하는 분은 아무도 없다고 생각합니다. 십이기통 엔진이었습니다. 칠십 년 동안이었습니다. 꽤 오랜 세월이지요. 하지만 육체는 더 이상 지탱할 수 없습니다. 어느 누구도 무엇이 이 몸을 거쳐 갔는지 이해 못합니다. 어느 누구도 아는 척하지 마십시오. 반복합니다. 우리 혹은 일반인들 중 어느 누구도

무엇이 거처 갔는지 모릅니다. 저는 그것을 압니다. 칠십 년이 지난
지금, 이제 끝날 때가 되었습니다. ······더 이상 지탱할 수 없습니다.
인도인들은 이에 관하여 저주스런 미신들을 가지고 있습니다. '여러
분은 다른 육체를 볼 것이다.' 모두가 허튼소리지요. 여러분은 수백
년 동안 이 같은 육체, 그러한 초지성을 다시 볼 수 없을 것입니다.
다시 볼 수 없습니다. 그가 가면 그것도 갑니다. 그 같은 의식, 또는
상태가 가고 나면, 한 조각의 자취도 남지 않습니다."

중국, 늦은 조문—윤동주 생가

콧날 바른 그의 나이 스물여덟, 슬픔이 넘실거린다. 가슴이 저려온
다. 그의 시 「서시」를 읽을 때도, 「자화상」을 읽을 때도, 「별 헤는 밤」을
읽을 때도 그의 청춘이 아프다. 잘 벼린 한 자루 비수같이 푸르게 살다
간 시인 윤동주, 그를 찾아 용정으로 간다.

아깝고 쓰린 그의 죽음, 1945년 후쿠오카 감옥이 떠오른다. 시인이라
는 명찰을 달고 늦은 조문 간다. 그의 시詩와 반일, 그 맑고 잘생긴 청년
의 유년 시절, 동주·일주·광주·혜원 3남 1녀의 장남으로서 그가 다
니던 학교, 오솔길의 나무들을 만나러 간다. 사랑한다는 말 전하러 간
다. 그의 동네, 그의 집, 그의 영혼에 절 올리러 간다. 그의 시 읊조리며,
시인의 생가를 찾아가는 길, 유정함과 비감이 앞에 선다.

두만강 건너 연길시, 용정, 명동촌, 윤동주 생가로 간다.

심양 비행장 12시 30분. 인천 출발, 한 시간 반 지나 김포공항 비슷한

공항에 내렸다. 십여 년 전만 해도 에어컨이 없어 찜통이었던 심양, 어느새 있을 것은 다 갖추었다. 빠른 템포다. 청사 안은 온통 빨간 글씨다. 이제는 무덤덤해진 빨간색. 마중을 나온 안내인이 남의 속도 모르고 빨간색은 황실에서만 쓸 수 있는 색이었다고 설명한다. 지금은 백성들이 자유롭게 쓰고 있으니 황감하다는 뜻인지, 좋은 세상이 되었다는 건지.

비행기 속에서도 공항에 내려서도 윤동주를 생각한다. 걸음걸음 생각한다. 조상 파평 윤씨들을 생각한다. 함북 회령에서 육로로 이동했을까? 다시는 돌아오고 싶지 않은 심정은 아니었을까. 지금처럼 염천이었을까. 며칠이나 걸렸을까. 조상의 뼈 묻힌 땅을 어찌 떠났을까. 시인 윤동주를 세운 파평 윤씨 가문.

중국인인지 한국인인지 분간되지 않는 얼굴들, 기후도 땅도 생김새도 우리와 구별되지 않는 나라, 병자호란 때 선양으로 끌려간 60만 조선인의 핏줄이 이어지고 있는 땅, 조선말을 하는 조선족이 중국이 조국이라고 얼버무리는 땅, 남의 땅 같지 않은 땅에 왔다. 개운치 않다.

본래 고구려도 발해도 우리 땅이라고 배우는 게 아니었다.

박제천 시인이 백호白湖 임제林悌의 마지막 유언을 작품화한 시가 생각난다.

    내가 죽거든 소리내어 울지 마라

    이 조그마한 땅에서조차 활개를 쳐보지 못한 신세는

그렇다 치더라도
임금은 남의 임금에게 머리를 숙이고
땅이란 땅은 죄다 남에 먹힌 채
겨우 손바닥만 한 땅뙈기에 주저앉았으니
그리고도
울음이 남아돈다면 사람의 할 짓이
아니다
그렇지 않은가

— 박제천, 「백호(白湖)」 전문

심양은 국제공항이다. 인구 740만, 교민 수는 23만 명, 중국 소수민족 10개 중 200만 조선인, 한국 기업이 삼천 개나 된다.

1945년 봉천을 심양이라고 개명했다. 원래는 천왕에게 바친다는 뜻이었다고.

시인 윤동주를 찾아가는 길, 심양에서 하차했다. 퀴퀴하고 음험한 고궁을 슬쩍슬쩍 들여다보았다. 안내인은 달갑지도 않은 심양을 설명하면서 우월감이라도 있는지 신바람이 난다. 심양은 알아서 무엇에 쓰겠는가. 윤동주를 만나러 가는 길에 시간만 까먹는다. 혹시나 윤동주가 섞인 말이 나오지 않나 귀를 기울이지만, 돌보지 않은 흉측한 궁을 자랑하기에만 바빴다. 그들이 시인을 알겠는가.

더위 속에서 우리들은 명, 청의 역사까지 공부했다. 그리고 윤동주님 덕분에 팔자에 없는 발마사지도 받았다. 황제의 느끼한 체취도 맡았다.

몽골의 공주 같은 호강이라 해둔다. 윤동주에게로 한 걸음 한 걸음 다가가는 길은 떨림이다.

병자호란 때 소현세자도 봉림대군도 울면서 건너간, 이웃사촌인 나라, 사촌은 남의 시초라 했던가. 사촌이 땅 사면 배 아프다. 요즘은 우리 신문에도 자주 등장하는 나라. 아무리 생각해도 걸림돌 같은 나라.

아무개 황제는 후궁을 4명까지 두었다고 안내인이 객설한다. 흥, 겨우 그 정도라니, 우리는 삼천 궁녀도 거느렸었다.

우리에게 인해전술이라는 전법을 알려준 중국은, 2008년 8월 올림픽을 개최했다. 어느새 프랑스 에펠탑보다 더 요란한 조명을 걸어놓을 줄 안다.

윤동주 만나러 가는 길은 일급로라고 했다. 일급로가 오장을 들볶는다. 관급 부실공사 때문이라고. 안내인은 이웃집 얘기하듯 그런 일은 매우 흔하다고 자랑한다.

송화강, 흑룡강을 지난다. 흑룡강을 지나 벌판을 달려간다. 말 달리던 '선구자'의 벌판이 이곳이 아닐까. 눈을 감고 부르는 노래, 〈선구자〉의 가사가 떠오른다. 수도 없이 들었던 그 노래의 현장엘 간다.

그때 밖을 내다보던 일행 중 누군가 해란강이라고 소리친다.

　　　마음 속에 사모하던 강,
　　　꿈에서도 못 잊은 그 얼굴이다

젖꼭지 말라붙은 지 오래되었는지
강도 아니고 개울도 아닌 해란강
그새 그렇게 늙어버렸다니
그렇구나
첫사랑은 만나는 게 아니구나

　연길시, 43만 명. 조선족이 제일 많다. 허름한 사람들과 남루한 거리와 집을 보면, 입 하나 덜려고 자식 하나는 남의 집에 보내고, 두고두고 눈물을 쏟은 그 자식, 그 자식을 만난 듯 연민이 일어난다. 우리를 누구라고 알고 있을지, 왜 같은 말을 쓰고 있는지 묻고 싶은 것을 참는다.

　용정시에 도착하니 차와 사람 범벅이다. 지킬 신호가 없다. 수레를 끄는 소가 용변을 보며 지나간다, 보통이다. 받침 틀린 간판에도 가슴이 쓰리다.

　용정 명동촌이 가까워온다. 시인이 자주 들여다본 그 우물을 보러 간다. 윤동주에게 늦은 조문 가는 길목에 한 우물이 있었더란다. 그래서 용정이란다.
　옛날 옛날 한 옛날, 용이 내려와 목욕을 하고 갔다는 지금은 말라 흔적만 남아 있는 우물터. 부실공사로 털털거리는 길로 우물터 지나, 옥수수밭 지나, 벌판 지난다. 윤동주에게로 간다. 짠하고 애달픈 마음으로 간다.

202

조선족은 지금도 벼농사밖에 지을 줄 모른다는 기분 나쁜 설명을 들으면서 간다.

황토 흙길 걸어 생가에 도착했다. 아니 '윤동주 생가'라 쓴 돌 앞에 도착했다. 굵은 붓으로 써놓은 그의 이름 앞에서 어떻게 예를 표해야 하나. 절을 해야 하나. 우리 선조들은 오랜만에 해후하면 맞절을 했다는데. 자식이 오랫동안 집을 나갔다 와서도, 어버이가 먼 길 다녀오셔도 큰절 드렸다는데.

시원한 글씨체, 답답한 속이 후련해진다.
복원된 일자 기와집, 마당으로 들어섰다. 황토 흙벽이다. 듬성듬성 자란 풀이 빈 집의 주인이다. 무표정하다. 생가란 본래 무표정이 주인인가. 무표정이 허전하다.
그의 영혼이 먼 길 온 우리를 기뻐하고 있을지도, 이제라도 왔으니 고맙다고 할지도.
일자 기와집 마루에 걸터앉아 본다. 책가방 들고 학교에서 돌아오는 윤동주를, 부엌 쪽으로 가는 윤동주를, 연희전문 교모를 쓴 윤동주를 본다. 일본으로 유학 가지 말라고 손사래치는 어머니도 보인다. 한사코 떠나는 윤동주가 보인다. 후쿠오카 감옥에서 어머니 그리워 눈물짓는 윤동주가 보인다. 남향 바른 묘소에서 나와 햇볕바라기를 하는 윤동주가 보인다. 밤하늘의 별을 세고 있는 윤동주가 보인다……

역사박물관이라 이름 붙은 자그마한 방. 어린 시절의 그와 외삼촌 이낙연 목사와 문익환 목사와 교우들 사진, 기록, 책자가 있었다. 볼수록 아까운 사진 속의 잘생긴 이목구비.

그곳에는 백여 명의 주민이 살고 있었다. 그들의 조선말이 육친같이 느껴진다. 그들 중 아무라도 붙잡고 이 집 좀 잘 지켜주세요 부탁한다.

산 정상에 서린 눈같이 고귀하고 깨끗한 그 영혼 앞에 모자라는 시 한 편 지어 올렸다.

　　　'윤동주 생가' 라 쓴
　　　먹물 글씨 앞에 못박히어
　　　조용히 불러 본다
　　　'윤동주'
　　　생전에는 이루지 못한
　　　그의 시집,
　　　『하늘과 바람과 별과 시』는
　　　아직도 우리 가슴에 살아 있다고

　　　그가 들여다본 우물 말라
　　　뚜껑 덮여 있고

　　　사는 이 없는
　　　황토 흙벽 그의 생가

연희전문 졸업 사진.

그가 무덤에서 내려와도
반기는 이 없어
수줍어 돌아갈 영혼

윤동주 이 사람을 본 적 있나요?

동네 사람 누구라도 붙잡고
스물여덟 조선의 청년이
꿈을 키우던
이 집 좀 잘 지켜주세요.

윤동주 시

죽는 날까지 하늘을 우러러
한점 부끄럼이 없기를······   ― 「서시」

따은 밤을 새워 우는 벌레는
부끄러운 이름을 슬퍼하는 까닭입니다   ― 「별 헤는 밤」

그때 그 젊은 나이에
왜 그런 부끄러운 고백을 했던가   ― 「참회록」

인생은 살기 어렵다는데
시가 이렇게 쉽게 씌어지는 것은
부끄러운 일이다   ― 「쉽게 씌어진 시」

그의 묘소는 생가에서 얼마 떨어지지 않은, 별이 잘 올려다보이는 언덕에 있었다.

여름날 밤, 불꽃을 내며 맹렬한 속력으로 생애를 불태우고 이곳에 떨어져 화석이 된 시인 윤동주. 밤마다 바람에 스치우는 별을 바라보며, 별 하나 나 하나, 별 둘 나 둘……

러시아, 유정, 바이칼, 횡단열차

10박 11일 동안 둘러본 러시아, 이르쿠츠크에서 상트페테르부르크 (구 레닌그라드)까지의 자작나무 숲, 제카브리스트 박물관, 시베리아 횡단열차, 바이칼 호수, 모스크바 붉은 광장, 톨스토이 생가, 푸슈킨이 다니던 귀족학교, 예카테리나 궁전, 에르미타슈 박물관……

첫번째— 횡단열차와 자작나무 숲

내게 시베리아는 음울한 이미지였다.

사람이 살 수 없는 땅으로 점철된, 러시아 문학 속의 유배지, 벌목공, 처형, 이반 데니소비치, 혹한…… 그 실체를 경험할 수 있겠다는 설레 임으로 이번 여행은 시작되었다.

간편한 항공편을 사양하고 열차편을 택한 것은, 말로만 들었던 광활 한 시베리아 벌판을 기차로 횡단해 보겠다는 야심찬 계획 때문이었다.

이르쿠츠크 출발, 노보시비르스크행 횡단열차가 거친 숨을 내쉬며 제시간에 역으로 진입했다. 내 앞에 성큼 나타난 기차는 예상했던 패망한 공산주의의 썰렁한 기차가 아니었다. 마르크스로 도배하고 유리창 깨진, 낡아빠진 고물 기차가 아니었다. 패망한 공산주의를 체험해 보겠다는 나의 망상이 어긋나기 시작했다.

이르쿠츠크 역에서 노보시비르스크까지는 30시간 소요. 상트페테르부르크까지는 보통 일 주일씩 걸린다고 하니, 이곳 계산으로 30시간은 매우 짧은 시간이다. 아침 8시에 출발했다.

두툼한 커튼까지 걸려 있는 4인 2실의 침대칸이었다. 의자, 옷걸이, 식사와 독서를 할 수 있는 탁자, 특기할 것은 면 100프로 눈같이 하얀 호텔보다 더 깨끗한 침대 시트였다. 이틀간 숙박했던 이르쿠츠크의 자작나무 숲속의 모텔보다 더 쾌적했다.

불편함, 불결함, 무질서할 것이라는 예상 역시 들어맞지 않았다. 허술한 정보로 문화대국 러시아를 동토니 불모니 하면서 얕본 나의 무지를 혼자 부끄러워하면서 러시아 여행을 시작했다.

얼마를 달렸는지, 시간의 단위조차 기억할 수 없었다. 배가 고프면 밥 때, 졸음이 오면 잘 때였다. 색채감각도 마비되었다. 눈에 보이는 것은 사방팔방 자작나무의 녹색뿐, 다른 색을 볼 수 없는 색맹이 되었다.

그 끝없는 녹색 벌판은, 커피를 마시며 옛날 옛적 일까지 다 털어놓으며 수다를 떨어도 끝나지 않았고, 변기통 속으로 철길이 내려다보이는 화장실을 종일 들락날락거려도, 도무지 끝날 줄 몰랐다. 창 밖은 밤이나 낮이나 초록색만 넘실거렸다. 종일을 달리고 달려도 섬 하나 보이지 않는 망망대해일 뿐, 그것이 시베리아 횡단 열차였다.

자작나무 숲이 자주 문장에 떠오르는 이유를 알 만했다.

이르쿠츠크 시내를 지날 때 무심하게 지나친 동상, 시가지 한복판에 우뚝 서 있던 동상이 바로 이 초록바다에 길을 놓아 기차를 달리게 한 인물이라고 했다. 그 당시 이곳에 길을 닦는 공사는 우주선 발사 같은 큰 사건이었겠고, 이 황막한 벌판에 길을 닦을 생각을 한 그는 노벨평화상이라도 받아야 할 인물이라고 생각했다. 자작나무 숲을 달리다 보면 이곳에 철길을 깔아놓은 그 천재적 발상에 경의를 표하지 않을 수 없었다.

망망대해에서 어쩌다 만나는 섬처럼, 가끔씩 간이 역사에 닿았다. 쉬지 않고 씩씩거리며 달려온 기차는, 덩치 큰 짐승처럼 가쁜 숨을 몰아쉬며 10분 정도씩 쉬어 갔다.

그때마다 마음 좋아 보이는 농촌 아주머니들이 소쿠리에 오이지나 쑥개떡을 담아가지고 기차 주변으로 모여들었다. 얼굴에 고운 주름을 지으며 물건을 사라고 권유한다. 매우 정겨운 시간이다.

소쿠리째 다 팔아도 몇 푼 될 것 같지 않은 그 아주머니들의 간절한 눈빛을, 시인들이 어찌 외면할 수 있으리. 별로 쓸데도 없어 저마다 깊이 넣어둔 러시아 돈을 꺼내기에 바쁘다. 순박한 아주머니들은 셈은 어찌되든지 더 얹어주며 후의를 베풀고, 시인들은 그들이 안쓰러워 그저

웃음을 한 묶음씩 보낸다. 헤어짐이 아쉬워 오래 오래 손을 흔들어 주
곤 했다.

세계 사람들의 따스한 인정은 어딜 가나 통해서 가끔 여행길이 행복
해질 때가 있다.

시베리아의 그 광활한 자작나무 숲은 아무리 설명해도 모자란다. 유
럽의 국경과 국경 사이에 노랗게 펼쳐진 해바라기 밭도 놀라움이었지
만, 이곳에 견주면 오천분의 일 지도다. 대자연의 극치라고 입이 마르
는 그랜드캐년의 경이로움과는 또 다른 경이로움이다. 도대체 이 넓은
땅에 어떻게? 이 얼어붙은 땅에 왜? 이 많은 나무들을 언제? 누가? 어떤
심정으로? 나무의 종자를 퍼뜨렸다는 말인가?

다섯 달도 못 되는 잠깐의 일조량으로, 재목으로 자라고 있는 이 기
특한 나무들은 참으로 불가사의다. 그 희고 연약해 보이는 나무의 껍질
이, 영하 40도의 추위를 걷어차고 이듬해 다시 일어나는 기적과 같은
현상은 무엇일까.

그래서 나무에게 백작이라는 칭호를 내렸나?

내셔널 지오그래픽에서도 본 적 없는 이 숲의 기원과 역사의 주인공
은 누구인가.

시간과 공간을 잃어버렸던, 자연의 신비로움에 황홀했던 그 녹색의
장원에서 신의 뜻을 짚어보기엔 역부족이었다.

이념의 중독에서 깨어난 지 얼마 되지 않는 러시아, 궁금한 것 많은
땅에서, 시베리아 횡단열차 속에서 밤을 보내고, 녹색바다에서 황홀하

211

자작나무 숲.

게 떠오르는 붉은 햇덩이를 바라보며 감격적으로 마시는 커피, '코이'라고 발음하는 러시아식 진한 커피 한잔의 맛은, 커피 플러스 황홀감 1000을 가미한 맛이라고 하면 짐작이 갈까.

어떤 형용사로도 설명이 될 수 없는 그 순간을 깊이 간직하려 오래오래 밖을 내다보았을 뿐이다. 내 여행수첩 속에서 그리움으로 재생될 횡단열차에서의 황홀했던 시간은 주체할 수 없이 빠르게 흘러갔다.

영하 40도의 추위를 건디고 이듬해 다시 일어서는 강인함과, 연서를 쓸 만큼 껍질이 희고 아름다워 자작이라는 칭호를 받은 자작나무는 사실 러시아 어디에서나 자라는 나무였다. 레닌그라드 광장, 공원에, 산간에, 도시의 가로수로도 서 있었다.

두 번째— 바이칼 호수와 『유정』

초록색 외에는 아무것도 걸치지 않은 나무바다를 건너, 시베리아와 바이칼 호수의 문학 지도 속으로 걸음을 옮겼다.

그곳에는 닥타 지바고, 안나 카레니나, 카츄사와 푸슈킨, 톨스토이, 고리키, 남정임 등, 수많은 작품 속 주인공들이 나를 기다리고 있었다.

바이칼 하면 춘원의 『유정』이 떠올랐다. 최석과 남정임의 애절했던 사랑 이야기에 푹 빠져 밤을 새웠던 사춘기에 읽은 소설 『유정』, 최석이 곧 춘원 이광수라고 생각했었다. 춘원이 자신의 이야기를 『유정』이라는 액자에 담아놓은 것이라고 생각했다.

흰눈 덮인 바이칼 근처 초막집, 이룰 수 없는 사랑에 몸부림치는 최석과 남정임, 주인공들과 함께 안타까워하며 가슴 조이며, 사랑을 꿈꾸던 바이칼.

환상의 바이칼 호반에서 여행을 리드하던 서종남 수필가의 특별한 안내로 일행은 시詩적인 시간을 가질 수 있었다. 자작나무 숲속 통나무집에 마련된 작은 음악회는 스무 사람만 앉으면 꽉 차는 공간에 마이크 하나뿐이었지만 여행 중에는 생각지도 못할 호사였다.

양수리 밤무대의 언더그라운드 가수같이 기타를 치며 부른 청바지 청년의 노래는, 가사가 어떻든, 곡이 어떻든, 그가 부른 야상곡이 눈물처럼 가슴에 스며들었던 것은, 그 청년의 한쪽 다리가 장애였기 때문이리라. 몸이 성했던 시절의 스틸 사진들이 통나무 벽에서 불빛에 너울거리는 밤이었다.

음악회가 끝나고 그 청년을 후원하는 마음으로 CD 한 장씩 사들고 자작나무 밤길을 걸었다. 자작나무 숲 냄새 짙게 깔린 오솔길을 걸으면서 제각기 깊은 생각에 잠겼다. 언제 다시 이렇게 애틋한 시간을 가질 수 있을 것인지, 불확실한 내일을 걱정하고, 오늘을 감사하는 시간을 가졌다. 바이칼은 매우 센티멘털한 곳이었다.

바이칼은 둥그런 테두리 속에 갇힌 웅덩이 물이 아니다. 테두리가 보이지 않는다. 이쪽에서 저쪽이 보이지 않는다. 그 끝없음이 바다다. 자작나무 숲에서 느껴지는 광대무변함. 지구의 블랙홀이라고나 할까.

바이칼 호수.

놀랍게도 창조주가 만들어 놓은 원 상태 그대로였다. 어떤 종류의 지문도 찍히지 않았다. 설원 그대로다. 모텔도 별장도 짓지 않은 이 순결한 땅을 또 어떤 문명들이 눈독 들일까. 탐욕의 삽질이 달려오고 있지는 않을까. 잘 간수한 공산주의에 감사했다.

전 인류가 먹어도 몇십 년은 견딜 수 있다는, 그야말로 신이 인간에게 내린 최고의 선물 바이칼에서, 이 물이 오래 오래 순결을 지킬 수 있기를 우리는 빌었다.

그날 우리는 바이칼을 오래 머릿속에서 잊지 않기 위해, 이 물 속에서 잡히는 '오물'이라는 생선을 안주하여 보드카로 축배를 들었다. 독한 보드카로 단번에 취기가 돈 나는 호수 건너편 숲 어디에 있었을 최석과 남정임의 초막을 생각하며 혼자 센티해졌다. 내 풋내기 시절 사랑이라는 화두에 빠져 밤새워 읽은 이광수의 『유정』, 꼭 한번 찾아보고 싶었던 바이칼을 눈으로 확인하며 허전한 마음을 금할 수 없었던 것은 무슨 이유였을까. 꿈은 꿈으로 남겨 둘 때가 더 아름다우리라.

세 번째―톨스토이의 유언

우리는 버스로 220km를 달려 뚤라로 갔다. 왕복 꼭 열 시간이 걸렸다. 며칠이 걸려도 우리의 마음은 그곳에 가 있었다.

톨스토이 생가. 톨스토이는 들은 대로 부자였다. 그의 집은 소문대로 울울한 숲으로 둘러싸여 있었다.

216

아홉 살에 생부를 여의고, 고모 집에서 성장하다가 형이 죽자 막대한 유산을 상속받아 거부가 된 톨스토이. 그가 집필하며 살았던 생가 건물은 이층 목조건물이었다. 증조부 때부터 내려오는 장서가 2만 3천 권이나 보전되어 있다.

손님을 접대하던 응접실, 연주회를 하던 방이며 자녀들이 사용하던 방들을 취재하듯 샅샅이 돌아보았다. 『안나 카레니나』를 집필했다는 방에서는 눈을 가늘게 뜨고 소녀 시절로 돌아갔다. 듀비비에 감독, 비비안 리가 주연한 영화 〈안나 카레니나〉의 장면 장면을 다시 불러왔다. 그 영화 한 편으로 비비안 리를 제일 좋아하는 배우로 정했던 〈안나 카레니나〉.

톨스토이의 집. 응접실과 서재.

톨스토이.

방마다에 걸린 사진 속에서 그의 가족들은 행복해 보였다. 부인과 자녀들의 옷차림으로 그 당시 상류층 생활도 짐작해 보았다.

톨스토이는 눈이 극도로 나빴다 한다. 잘 보이지 않는 시력으로 창작에 열중했다는 의자도 전시되어 있었다. 작아서 입에 오르내리는 그의 무덤은 집 뒤쪽 풀숲에 봉긋했다. 어린아이 무덤같이 허술했고 비문 같은 것도 없었다. 나무 푯말이 아니었으면 밟고 넘어갈 뻔했다.

헤밍웨이 기념관의 고양이 무덤보다 더 작은 톨스토이 무덤, 그가 유언까지 하면서 작은 무덤을 고집했던 이유는 무엇일까. 모든 것은 끝났다는 교훈이었을까. 인터넷 어디를 찾아보면 그 해명을 들을 수 있을까.

톨스토이가 시골 역사에서 객사했다지만 그는 단명하지는 않았다. 혹 사이가 나빴다는 부인과 연관이 있었던 것은 아닐까. 자살했다는 설도 있으니. 부가세도 붙지 않는 상상은 자유이리라.

맺음

속 깊은 여자 같은 러시아를 떠나며 나는 푸슈킨의 탄생이 우연이 아니라는 생각을 했다. 노벨문학상이, 차이코프스키가, 볼쇼이 발레단이 결코 우연이 아니라는 것을 알았다.

잘 보존된 톨스토이 생가를 둘러보면서 문득 우리 나라 어느 유명 문인의 생가 터를 자손이 어찌해버렸다는 보도가 생각났다. 좋은 작품을 수도 없이 써낸 이 생가야말로 명당 중의 명당이라, 수백억 원이 넘는 재산이겠다.

가난해도 각박해 보이지 않던 러시아 사람의 얼굴이 하루아침에 만들어지지 않았음도 알았다. 어렸을 적부터 뮤지컬과 연극과 발레, 음악, 푸슈킨의 시를 읽으면서 자란 민족의 얼굴 표정은 이념과도 관계 없이, 소득과도 관계 없이 여유로웠다.

러시아는 볼수록 정감이 넘치는 나라다. 처음 이르쿠츠크 공항에서 입국수속을 하면서 직원들의 미숙함, 늑장 통과로 여행객의 분노를 사는 그들을 보았을 때 달러의 귀중함을 모르는 무지라고 혀를 찼다. 자본주의 잣대로 러시아를 내려다본 일이 부끄럽기조차 했다.

광장이란 광장에는 어김없이 서 있는 레닌과 스탈린의 동상은, 시간이 지날수록 눈에 거슬리지 않았다. 독립 대통령의 동상 하나 세우는데 말도 많은 우리의 형편이 생각났고, 과거를 하나의 역사적 유물로 보존하고 있는 그들의 수준 높은 문화의식이 부럽기까지 했다.

볼세비키 혁명으로 다소 발전이 늦었다는 점이 애석할 뿐, 러시아는 향기롭고 푸근한 나라였다. 뿌리 깊은 문화의 향기가 곳곳에서 풍겨나는 예술의 본고장이라고나 할까.

공산주의는 신을 부정하고 종교를 탄압했다지만, 그리스 정교회 건물이나 수도원, 고성은 여전히 아름다운 모습으로 곳곳에 잘 보존되어 있었다. 관광객이 넘쳐났다. 프라하에서 보았던 건물들의 참상이나,

문화대혁명으로 파괴된 중국의 문화재들과는 행색이 달랐다. 정작 볼셰비키 종주국 지도자들은 그 문화재가 큰 자산이 될 것을 내다본 것인지도 모른다. 오늘날 그 값진 문화재를 보기 위하여 세계 사람들의 발길이 터진 둑처럼 밀고 들어온다.

이르쿠츠크, 페테르부르크에서 만난 르누아르 그림 속의 여자들처럼 복스러운 여성들. 거리 곳곳에는 배꼽티도 많았고 포옹, 키스, 선탠하는 잔디밭의 남녀들도 많았다.

화려하고 규모가 대단한 에르미타슈 박물관, 예카테리나 2세의 그 호화로운 여름 궁전, 성당, 수도원, 고성, 곳곳에 세워진 동상들, 톨스토이 생가, 안톤 체홉이 집필하면서 살던 집, 푸슈킨이 다니던 귀족학교, 그가 쓰던 교실을 보고 나는 머리를 숙였다. 푸근하고 속이 깊은 여자 같은 나라 러시아에 대한 나의 정보가 얼마나 미흡했던가를 다시 한번 깨달았다.

세계에서 제일 면적이 넓고 볼셰비키 혁명의 발상지이기도 한 문화대국 러시아를 둘러보는데 10박 11일은 참으로 짧은 일정이다. 아직껏 환상으로 남아 있는 바이칼의 겨울, 횡단열차에서 시베리아의 그 눈부신 설원을 보면서, 아주머니들이 간이역에서 파는 쑥개떡을 다시 한번 사 먹어 보고 싶다.

언제고 다시 러시아를 찾아야겠다고 생각한다. 1천 개의 방 중 스무 개만 본 에르미타슈 박물관을 천천히 빼놓지 않고 감상하고, 연적과 결투로 한판 생을 마감한 푸슈킨과, 이르쿠츠크로 유배당한 '제까브리스트' 들의 환란과 혁명사, 남은 가족들의 애달픈 이야기, 제정 러시아의 그 아름답고 찬연한 문화를 좀더 세밀하게 들여다보고 싶다.

자세히 볼 기회를 놓친 안톤 체홉도 다음으로 미루며, 이 글은 러시아 여행기가 아니라, 그 시작을 알리는 '들어가는 말' 에 지나지 않음을 고백한다.

중남미, 16박 17일간, 헤밍웨이 클릭

중남미에는 상상을 뛰어넘는 자연과, 세계적인 문학 거장들의 발자취와, 고대인들의 유적이 황홀한 색깔로 인류를 유인하고 있다. 헤밍웨이, 파블로 네루다, 보르헤스, 마야와 아즈텍 문명의 흔적들……

잉카의 쿠스코와 마추픽추, 에비타의 무덤, 이과수 폭포와 티티카카 호수……

중남미 여행은 14장의 비행기 표를 구입하면서 시작되었다.

불안하기 그지없는 저소득 국가의 비행기 트랩도 수없이 오르내렸으며, 새벽 4시에 일어나 눈 비비며 비행기를 타기도 했다. 일정이 너무도 고단해 다시는 오지 않겠다는 결심도 했고, 타이레놀을 삼키면서 덧나는 몸을 진정시키기도 하면서.

문학기행단답게 쿠바의 헤밍웨이 기념관, 칠레 시인 네루다의 소문난 연애담도 취재해 보기로 하며, 아르헨티나에서는 보르헤스의 생존한 여비서를 만나보는 계획도 일정에 넣었다.

석 달 열흘에도 모자랄 일정을 16박 17일간에 몰아붙이면서 쓴 이 글은, 초행의 눈으로 휙 휙 지나친 중남미의 여러 나라를 넋 놓고 바라본 소감이다.

우리가 언제 그랬느냐는 듯이 중남미 여러 나라들의 가난을 걱정하며 싼 물가를 은근히 즐기면서 부질없는 한탄도 덧붙이다가, 탱고나 삼바에 흥이 나기도 했다. 중남미 공항을 휩쓸고 있는 우리나라 기업 LG전자 광고를 보면서는 내 나라가 자랑스러워 어깨를 들썩거렸다. 세계 속의 우리 위치도 확인했고, 사소한 부족감은 가난한 나라의 호구지책 앞에서는 얼마나 사치스러운 일인가를 반성해보기도 했다.

버스로 10시간을 달려 닿은 곳은 산소가 부족한 고지대, 페루의 쿠스코. 고산병을 예방하기 위해 산소통을 코에 대고 복식호흡을 해야 하는 곳이다. 큰일을 당하지 않기 위해서는 우주인 같은 몸짓으로 천천히 천천히.

서종남 수필가가 이끄는 문학 문화 탐방 팀은 빡빡하고 고단한 일정으로 소문이 나 있다. 그럼에도 지체 없이 따라나서는 이유는, 언제나 돌아오고 나면 쉽사리 가 볼 수 없는 일정이었음을 알았고, 목적지 선택과 해설이 탁월했기 때문이다. 여행할 때 나누어주곤 하는 두툼한 유인물은 기행문을 작성할 때 매우 좋은 자료가 되었다. 벌써 다섯 번째 동행이다.

문학적인 거장巨匠들의 숨결과 중남미에 산재한 고대인의 유적과, 원색적인 대자연의 경이로움을 찾아가는 길, 가슴 설레며 또다시 짐을 쌌다.

뱀의 둥지와 백만 불짜리 물빛

헤밍웨이가 살던 쿠바로 넘어가기 전, 이 여행의 첫 기착지는 카리브해안 멕시코의 칸쿤, 뱀의 둥지라는 뜻인 칸쿤은 세계 부자들이 선호하는 일급 놀이터다. 내 기억 속의 칸쿤은 단연 바다물빛이 명품이었다. 연전 번갯불처럼 잠시 들렀을 때 바다는 온통 에메랄드를 깔아놓은 듯 황홀했다. 그 초록빛 바다를 다시 보리라는 기대에 가슴이 설레었다.

우리가 도착한 날은 무슨 망발인가. 바다는 흐린 날씨 때문에 마녀의 심통처럼 일그러져 있었다. 발길이 떨어지지 않던 그 황홀한 바다는 어디에도 없었다. 넋 놓고 바라보았던 에메랄드 보석 밭이 한갓 빛의 굴절과 반사작용이었다니. 호사스러운 꿈을 깬 아침처럼 허망했다. 이런저런 굴절과 반사로 잠시 휘황찬란하다가 끝나는 것이 인생이라고, 언제 그랬느냐는 듯 어둠 속으로 사라지고 마는 것이 삶의 정체라고, 그날의 바닷물이 말해 주는 듯했다.

하늘이 허락하지 않으면 아무것도 이룰 수 없다는 평범한 진리를 새삼 깨닫는다. 여행의 소득이다. 세상만사 연과 복이 따라야 한다고 하지 않던가.

놓쳐버린 에메랄드빛 바다 대신, 특급 호텔들의 인테리어와 옷 잘 입은 유한족들을 감상했다. 해변은 호텔 건축 전시장 같았다. 궁궐들처럼 화려하고 찬란했다. 첨단적이고도 예술적이었다. 날이 저물자 호텔들이 일제히 불을 켰다. 첨단적인 조명으로 이 세상에서는 볼 수 없는 별천지로 변했다. 그곳이 칸쿤이다.

소돔성이 저렇게 화려했을 거야, 고작 나는 그런 생각이나 했다.

촌뜨기처럼 해변에서 두리번거리다 이틀이 다 갔다. 옥수수 농사를 지으며 겨우 겨우 사는 원주민 동네를 뒤돌아보며, 부호들의 놀이터를 떠났다.

뱀의 둥지라는 뜻인 칸쿤을 떠나 3시간 달려, 옛날 마야인들이 태양에게 비를 애걸하며 살았던 곳, 치첸이트사로 이동했다. 이곳을 거쳐야 목적지인 쿠바의 헤밍웨이 박물관으로 갈 수 있다.

'마야'라는 말은 물이 없다, 강이 없다는 뜻이다. 그 어원만 봐도 물이 얼마나 귀했을지 설명이 필요 없다.

BC 2천~3천년경, 달리 도리가 없었던 마야인은 하늘에 제사를 지내기 위해 엄청나게 큰 돌로 산더미만 한 제단을 쌓았다. 하늘을 우러러 높이 높이, 그게 피라미드다. 그 피라미드 꼭대기에, 살아 있는 사람의 가슴을 갈라, 피 뚝 뚝 흐르는 심장을 꺼내어 올려놓고 간절하게 빌었다. 물 사정이 얼마나 절박했는지 그런 제단이 천여 개가 넘는다 했다.

매일 한 번씩 떠올랐다가 저녁이면 사라지는 불덩어리 태양은 얼마나 큰 공포의 대상이었겠으며 신령스러웠을까. 마음만 먹으면 비를 줄 수 있다고 믿었을 것이다.

바람만 불어도 피라미드에 올라가서 빌었다. 심장을 바친 청년이 한 사람씩 죽어갔다. 그것도 가장 강한 심장을 골라 바치기 위해 편을 짜서 운동경기를 하고, 이기는 쪽 주장의 심장을 그 자리에서 박탈했다. 그들에게 용사라는 칭호를 내렸으며, 그들은 명예롭게 죽어갔다고 한다. 로마 콜로세움에서 사자에게 물려 죽은 노예와 마야인의 용사와는 어떤 공통점이 있을까, 여행 중에는 부질없는 생각도 심각해진다.

우리는 천문학적인 숫자 365개의 돌계단을 끝까지 물고 늘어졌다. 그 꼭대기에서 독수리에게 심장을 쪼아 먹힌 청년들을 상상하면서 몸서리쳤다.

유카탄 반도의 천 개나 되는 피라미드 속에는 천 개의 '세노테'라는 샘이 있고, 그곳에 여자를 제물로 바쳤다고 한다. 그 동굴 속 샘은 바다와 연결되어 있고 해수와 담수가 만나는 곳이 이승과 저승의 경계라고 생각했다니, 상상력이 시인을 뺨친다. 우리가 실제로 본 피라미드 속에는 동굴이 없었다. 먼 옛날 얘기라 진위를 누가 가릴 수 있겠는가.

태양을 숭배한 마야의 후손답게 멕시코 원주민들의 눈은 불타는 태양처럼 이글거리고 피부는 그을린 듯 검붉었다.

중남미는 스페인과 포르투갈의 밥이었다. 300여 년간을 뜯어 먹히고 휘둘린 브라질, 아르헨티나, 칠레, 멕시코, 쿠바, 페루.

영혼을 빼앗기고 300년간을 살아온 민족들의 오늘날은 곳곳에 병색이 짙었다. 그들의 남루가 관광거리였다. 다른 대륙에서 볼 수 없는 원색적인 색채와, 유적에서 풍기는 친근감으로, 연간 100만 명 이상의 관

페루의 고대 도시 마추픽추.

광객이 들끓는다고. 관광객이 뿌리고 가는 달러가 엄청나다 지만 백성들은 가난에 시달렸다. 자본의 잣대로만 가늠하는 것은 죄가 되겠다. 그러나 생존의 기본이 갖추어지지 못한 나라에서는 다른 것도 평가 절하됨을 수 없이 보았다.

20년 전에 올림픽을 치르고, 석유 매장량 세계 4위, 마야와 아즈텍, 베사메무쵸, 데킬라, 선인장의 나라, 남한의 9배가 넘는 면적으로 세계 최고의 휴양지가 있는 나라, 안 가진 것 없는 이 나라 멕시코의 빈곤은 선거 때만 되면 정치인이 들 먹인다고 한다. 정치판은 어딜 가나 닮은꼴이다.

스페인에게 지배당했던 300년 동안 이 나라에는 만해 한 용운, 윤동주 시인 같은 깬 영혼들이 부재했나 보다. 목숨이 남루했던 그들의 300년을 들으면서 우리의 항일 역사가 얼 마나 감격스러운지를 깊이 느낀 것도 여행의 소득이다. 떠나 봐야 집의 편안함을 알고, 나라 밖에 나가 봐야 조국의 소중 함을 안다.

그들은 그저 순박해 보이기만 했다. 힘없는 사람들의 공통 점이다. 인도에서 구걸하는 아이들의 천사 같은 표정도 저러 했다. 잘 살게 해주겠다고 속일 때 잘 속을 눈이다. 저 세상 모르게 천진한, 캄캄한 까막눈들이지만 언젠가 개안할 날이 반드시 오리라.

애니깽은 선인장 이름

1905년, 잘 살아보겠다는 꿈을 안고 인천을 떠난 1,033명의 계약노동 인력이 도착한 멕시코 유카탄 반도, 3만 명 애니깽의 원조들이다. 그들은 계약과는 다른 노예생활을 했고 계약이 끝난 후 돌아갈 배편을 구할 수 없었다. 끝내 돌아오지 못하고 멕시코에 한을 묻은 애니깽의 원조이다. 오늘날 그 후손들 소식은 알 수 없다. 누가 노예의 후손임을 밝히고 싶겠는가.

지나친 가난은 국가나 개인이나 형벌이다.

방글라데시나 네팔의 계약노동자들이 애니깽의 조상들처럼 우리나라로 몰려오고 있다. 그래서 지구는 도는지도 모른다.

1551년 스페인이 점령하면서 1,600만 명이 죽임을 당했다는 한 많은 멕시코에서, 우리와 무관하지 않은 애니깽이라는 단어가 선인장의 이름이라는 것도 알았다.

멕시코 사람들이 좋아하는 38~45도의 독주 테킬라는 선인장 수액으로 만든다. 독주 테킬라로 300년을 견뎌냈을지도 모른다. 제정신으로는 살 수 없었던 그 시대의 환각제 테킬라.

피지배의 후유증은 심각했다. 그곳의 직장인들은 열 시쯤 출근해서, 커피 마시고 노닥거리다가 점심을 먹는다. 두세 시간 지나 적당히 퇴근

한다. 아무리 바쁘다고 해도 들은 척도 하지 않는 멕시코인들. 시간 지키는 사람이 없는 멕시코를 이해하며 그곳을 떠났다. 우리에게도 '코리안 타임' 시절이 있었다. 이런 경우를 격세지감이라 하던가. 역사는 돌고 도나 보다. 거들떠보지 않았던 사막에서 원유가 물처럼 쏟아져, 남아도는 돈으로 사막 한가운데 도깨비 궁궐 같은 7성급 호텔도 건립된다. 송유관 대신 송수관을 건설하여 모래사막에 물을 뿜어, 도시를 건설하는 도깨비 방망이 나라 카타르도 있다. 1달러씩 훔쳐서 하루를 산다는 이 나라 경제도 언젠가는 송대관의 노래처럼 '쨍하고 해뜰 날' 있으리라.

우리의 관심은 칸쿤이나 이과수 폭포가 아니라 헤밍웨이 문학 순례에 있음을 앞에서 밝혔다. 한 줄의 문장을 얻기 위해 온밤을 지새우는 문인들에게 그것은 성지 순례.

그 거장들은 이번 여행에 우리를 가르치고 이끌어준 멘토다.

그들이 살던 동네, 집, 그들의 아내, 연애, 취미, 다니던 식당, 유물, 삶의 뒤안길, 불행을 단시간에 보고자 이곳에 왔다. 책 몇 권을 독파한 분량보다 더 많은 것을 알고 가야 한다는 것이 이번 여행의 핵심이다. 그래서 우리의 귀와 눈은 스물네 시간 ON에 고정시켜 놓았다.

의사였던 아버지로부터 3살 때 낚시를, 10살 때 사냥을 배웠다는 헤밍웨이의 성장 배경과, 미국에 주문 제작했다는 소설 속의 선박도 직접 손으로 만져봐야 한다. 『노인과 바다』의 그 바다를 보아야 하고, 소설 속 주인공이 실제 그 배의 선장이었다는 사실도 이 참에 확인하고 가야 한다.

쿠바, 바닷가 언덕 위 헤밍웨이 박물관

헤밍웨이가 살았던 도시, 인구 200만, 쿠바의 수도 하바나. 의사 월급 25~30달러인 사회주의, 아직도 전기밥솥을 배급하는 세상 물정 어두운 나라.

헤밍웨이가 살았던 동네에 가까워졌다는 것만으로 가슴을 설레며 말레콘 해안도로를 지나 헤밍웨이의 집으로 향했다. 가는 길은 남루했다. 공산권 나라들의 특징이다. 도로도 고르지 못했다. 건축물은 낡아 볼거리가 없었고 풍경조차 스산했다.

자살률 세계 1위, 정치·경제 활동은 일체 금지, 자유란 오직 연애 자유밖에 없는 나라, 쿠바. 밥 먹고 연애만 해야 말썽이 없는 나라, 사업하다 수익이 없으면 폐업하듯, 사랑하다 열정이 시들하면 이혼을 한다. 이혼률이 세계 최고에 달하는 이상한 연애 천국, 인구는 줄어들고 집은 매매 불가, 아직도 카스트로는 살아 있고 친동생이 사회주의 정치를 승계했다.

헤밍웨이 저택을 방문하기 전, 우리는 우주정거장에 내린 지구인들처럼 카메라 렌즈를 닦고 또 닦았다. 메모지와 볼펜도 챙겼다.

우선 그가 잘 다녔다는 바닷가 작은 건물, 식사도 하고 집필도 했다는 그 당시 식당 '데라사스'에 들렀다. 지금은 작은 박물관으로 꾸며져 있다. 제일 먼저 눈에 들어온 것은 큼직하게 걸린 카스트로와 헤밍웨이 사진, 그들은 다정하게 붙어앉아 한바탕 너털웃음을 웃었다. 카스트로의 혁명을 찬양 지지했던 헤밍웨이.

바닷물이 코밑에서 넘실거리는 '데라사스' 는 스무 평 정도의 일층 건물이었다. 헤밍웨이가 앉아 사색에 잠기며 글도 썼을 그 자리에 앉아 보았다. 오늘 우리는 이 감회 깊은 성지에서 무엇을 보아야 할 것이며 무엇을 얻어 갈 것인가. 열넉 장의 비행기 표 값을 해야 한다. 대문호가 바라본 바다를 바라보면서 그가 그려놓은 허무의 냄새라도 맡고 가야 한다.

허무가 그를 자살로 이끌었을까. 낚시로도, 사냥으로도, 투우로도, 연애로도 치유되지 못한 병은 허무감이었을까, 간간이 천재들의 목숨을 빼앗는 그 고질병은 무엇일까.

대문호의 손때와 체취가 묻은 문고리를 유정한 마음으로 들여다보고 만져보고, 건물 아래쪽 바닷가로 내려갔다. 그가 작품 구상을 하며 거닐기도 했을 작은 공원이 있었다. 그곳에 그의 동상이 있었다. 초라하기가 시골 면장의 공로비 수준이다. 대문호의 이름에 걸맞지 않는 작은 동상 앞에서 사진을 찍고 있는데 안내자는 무슨 뜻이었는지, 그가 이용했던 배의 프로펠러를 뜯어서 녹여 만든 것이라고 말했다.

상혼만 재빨라서 거리 음악가가 나타났다. 쿠바 시인 호세 마르티의 시詩에, 호세이토 페르난데스가 곡을 붙인 〈관타나메라〉를 열렬히 연주했다. 귀에 익은 곡에 우리는 손을 잡고 "콴타나메라~ 콴타나메라~"를 신명나게 합창하면서, 거리의 이름 모를 음악가와 사진을 찍고 어김없이 팁도 건네주었다.

혜밍웨이, 그를 결코 잊어서는 안 된다고 그 작은 동상이 닳을 만큼 사진을 찍었다. 렌즈를 닫고 드디어 대문호 혜밍웨이 집으로 걸음을 옮겼다.

혜밍웨이 집은 박물관으로 꾸며졌다. 약간 높은 언덕이었다. 근처에는 여기저기 허름한 원주민 집들이 부담 없이 널려 있었다. 잡초 우거진 공터가 적당히 편안했다. 어디선가 노인과 소년의 대화가 들려온 것은 당연히 착각이었다. 바닷물이 찰랑거리며 노을빛에 물드는 저녁 나절, 노인을 부르는 소년의 목소리가 낭랑하게 들려왔다. 우리들의 가슴 속 깊은 곳에서.

대문호가 많은 시간을 보낸 이곳은 우리나라 해안 어디서든 볼 수 있는 평범한 어촌이었다. 야자수들이 제멋대로 자랐다. 주어진 복이 고만고만한 동네. 이 동네가 그도 좋았나 보다. 그래서 이곳에 닻을 내렸을 것이다. 별로 지인이 없었을 이곳에서 그는 원시적인 자연과 원주민의 인정이 좋아서 여자들을 바꾸어가며 결혼하고 헤어지면서 살았으리라.

이 집을 '이히야 박물관'이라 이름 붙인 것은 무슨 뜻이었을까. 그 동네 이름이었나? 미처 묻지 못했다.

자신의 배로 낚시를 즐겼던 그는 스페인 내전에도 참전했다. 네 번째 부인과 사슴 사냥도 즐겼다. 끊임없이 연애를 즐겼다. 수십 마리의 고

배 모양으로 지은 네루다의 집

세계 모든 언어로 번역된 네루다의 시 한 편을 소개한다.

한 여자의 육체

한 여자의 육체, 흰 언덕들, 흰 넓적다리
네가 내맡길 때, 너는 세계와 같다
내 거칠고 농부 같은 몸은 너를 파들어가고
땅 밑에서 아들 하나 뛰어오르게 한다.

나는 터널처럼 외로웠다 새들은 나에게서 날아갔고
밤은 그 강력한 침입으로 나를 엄습했다
살아남으려고 나는 너를 무기처럼 버리고
내 화살의 활처럼, 내 투석기의 돌처럼 버렸다

그러나 이제 복수의 시간이 왔고, 나는 너를 사랑한다
벗은 몸, 이끼의, 갈망하는 단단한 밀크의 육체
그리고 네 젖가슴들, 또 방심放心으로 가득한 네 눈
그리고 네 치골의 장미들, 또 느리고 슬픈 네 목소리

내 여자의 육체, 나는 네 우아함을 통해 살아가리

내 갈증, 내 끝없는 욕망, 내 동요하는 길,

영원한 갈증이 흐르는 검은 하상河床

그리고 피로가 따르며 가없는 아픔이 흐른다.

—『스무 편의 사랑 시와 한 편의 절망 노래』 중에서

　노벨문학상을 수상한 파블로 네루다는 이십세기의 가장 위대한 시인, 그의 육감적인 시 한 편을 음미하면서 칠레 산티아고에 도착했다. 칠레는 원주민 언어로 '땅끝' 이라는 말.

　네루다는 공산주의자였는데, 철도 노동자의 아들로서 이미 열 살 때 시를 써 잡지에 기고했으며, 아버지가 준 시계를 팔아 처녀 시집『황혼의 노래』를 출판했을 만큼 일찍이 문학에 열중했다. 스무 살에 두 권의 시집을 간행했는데,『스무 편의 사랑 시와 한 편의 절망 노래』는 수많은 독자들의 사랑을 받았다. 1971년 노벨문학상과 스탈린 평화상을 수상했다.

　작품으로는『황혼의 노래』,『조물주의 시도』,『고무줄새총에 미친 사람』,『대지에 살다』,『모든 이를 위한 노래』,『백 편의 사랑 노래』 등이 있다.

　해외로 망명을 했던 네루다는 칠레의 공산주의 정권이 안정되었을 때 열렬한 환영을 받으며 귀국했다. 그 후 상원의원에 당선하여 정치권에서도 능력을 발휘하며, 반정부 예술인들의 행적을 그도 비슷하게 밟

⇧파블로 네루다.

⇩ 그가 살았던 집.
지금은 네루다 박물관으로
꾸며져 있다.

왔다.

칠레는 가톨릭 국가이다. 어딜 보나 성당의 뾰족탑이 보인다. 지진으로 도시가 통째로 사라진 적도 있었다고 한다. 그래선지 높은 건물이 없다. 인구 1500만 명, GNP 8000달러, 매연 심한 분지, 비가 오지 않아 일 년 내내 도시의 수목들을 기관에서 물 주어 키운다니 듣기만 해도 가슴이 답답한 나라이다.

파블로 네루다의 집은 산티아고 라차스코나에 있었다. 세 번째 부인 마틸데를 위해서 지었다고 하는 이 집은 적당히 높은 곳에 새장처럼 예쁘게 앉아 있었다. 여자 편력이 많은 네루다는 첫 번째는 네덜란드 여자, 두 번째는 아르헨티나 여자, 세 번째는 칠레 여자와 결혼했다. 두 번째 여자와는 20살이나 연상이어서 아이가 없었고, 7살이 아래였던 세 번째 마틸데와는 네루다의 정력이 바닥나 아이가 없었다나.

그가 쓴 절절한 사랑의 시편들이, 하나같이 마틸데에게 바친 사랑 고백이었을 만큼 사진 속 마틸데는 쏙 빠진 미녀였다.

노벨상 수상 후, 1973년 암을 앓던 중 심장마비로 별세했을 때, 수천 군중이 거리로 뛰어나와 애도했을 만큼 그는 사랑받은 시인이었다. 그가 69세까지 세 번째 부인 마틸데와 온갖 것을 수집하며 살았던 집을 구경했다.

바다 속에서 사는 느낌을 즐기기 위해 선박 모형으로 지었다는 이 집은 박물관으로 꾸며졌다. 선체에 들어선 듯 마룻바닥이 흔들거렸고,

삐걱이는 소리까지 났다. 높직한 곳에 달린 창문은 등대를 연상시켰다. 참 별난 취미를 즐긴 셈이다.

방마다 수집품으로 가득했다. 집 전체가 골동품 쇼핑센터였다. 진귀한 것을 보기만 하면 무조건 소유하고 싶었는지, 돋보기에서 조개껍데기까지 없는 것이 없었다.

800여 권의 책, 식기, 컬러풀한 와인 잔, 의자 세트, 영국제 접시, 촛대, 맥주잔, 그런가 하면 자필 원고 복사본도 눈에 띄었다.

도자기를 비롯해서 유화, 정물, 말 그림, 가구, 꽃병, 바다 지도 등 가리지 않고 모았다. 여러 번의 결혼과, 여러 채의 집도 수집 취미였으리.

문학과 정치, 수집 취미와 여인을 바꾸어가며 즐기면서 당대를 산 그는 헤밍웨이와 공통점이 많았다. 그들의 취미가 취미에 그치지 않고 광적인 점, 정치에도 깊이 개입한 점, 공산주의에 찬동한 점, 많은 여자들과 결혼하고 헤어진 점, 노벨문학상을 받을 만큼 대작을 남긴 점.

아직도 생존한 보르헤스 부인

"나를 위하여 울지 말고 아르헨티나를 위하여 울어주오."

창녀에서 영부인이 되었던 에바 페론이 살았던 부에노스아이레스에 도착, 이곳에서 보르헤스의 여비서이자 부인을 만난 것은 생각지도 못한 횡재였다.

소설가, 시인인 보르헤스가 살았던 건물은 아르헨티나 부에노스아이레스 시내의 4차선 길가에 있는 자그마한 4층 건물이었다. 수리 중이라 관람이 불가능하다는 전갈을 받았지만, 안 되는 일 없는 서종남 수필가가 진두에 나서서 마침내 허락을 받아낼 수 있었던 것은 이번 여행 길의 행운이었다.

안내를 맡은 묘령의 여인을 따라 수리 중인 건물 안으로 들어갈 때도 그 여자가 보르헤스의 부인인 줄은 상상도 못했다. 안내를 하던 중 자기가 부인이라고 소개를 했을 때 일행은 어안이 벙벙했다. 언제 적 보르헤스인가, 그의 부인이? 아직 살아 있었다니, 몇 살인데? 일 미터 안에 마주 선 이 여자가, 사망하기 몇 주 전에 결혼을 했다는 바로 그 여자 맞아? 도깨비에게 홀린 것 같았다.

우리는 그녀를 찬찬히 뜯어보느라 정신이 없었다.

그 부인은, 얼굴의 잔주름과 관계없이, 그 몸매나 태도가 왕년의 그레이스 켈리 왕비같이 우아했다. 보르헤스와 임종 전에 결혼식을 했다고? 혹시 유산 때문이었을지도…… 우리의 생각이 고작 그런 식으로 흘러간 것은 미안한 일이긴 했다.

나긋한 태도로 동양에서 온 검은 머리들을 이 방 저 방 안내해 주었다. 보르헤스의 사진이 크게 걸려 있는 아래층 방을 지나 이층 작은 서재도 빼놓지 않았다. 재료가 시원치 않게 보인 것은 그의 명성이 너무 큰 이유겠다. 수리 중이라 제 자리에 있지 않던 집필도구와 책들을 보니 관람을 거부함직도 했다.

이십세기 라틴 아메리카 문학을 대표하며 정규적인 교육 대신 가정 교사로부터 영어교육을 받았고, 7세에 영어로 『그리스 신화』를 요약했고, 여덟 살에는 「치명적인 모자의 챙」이라는 단편소설도 쓴 천재, 호르헤 루이스 보르헤스는 1986년에 세상을 떠났다. 우리는 보르헤스를 생각하면서 생존한 부인이 지금 대체 몇 살이나 되었을까? 하는 것이 궁금했지만, 결례를 범하지는 않았다.

뜻밖에도 그녀가 카페에 가서 커피를 대접하겠다고 제안했을 때, 우리는 참으로 어리둥절했으며 황감했고 감사했지만, 그것이 인사치레가 아닌지 알 길이 없었고, 갈 길도 빠듯해 사양하고 말았다. 호리호리한 몸매에 하늘하늘한 쉬폰 치마를 입은 그 여인과 커피를 마시며 대화를 길게 나누지 못한 것이 두고두고 후회스럽다. 공개되지 않았던 보르헤스와의 숨은 사랑 이야기가 심각했을 텐데.

보르헤스 : 아르헨티나의 시인, 수필가, 작가. 스위스, 마요르카, 스페인 등지에서 살았으며, 영어, 스페인어, 독일어에 능통했다. 새로운 시각과 풍부한 상상력으로 과거와 현재를 형상화하는 작품들을 남겼다. 그의 경험과 상상의 세계는 세계를 깜짝 놀라게 했고, 국제 사회에서 라틴 아메리카 작가로는 최초로 주목을 받아 남미 예술가들의 위상을 높였다. 포스트모더니즘의 뿌리라는 평가도 받으며, 사실주의의 선구자인 그는 1938년에는 머리를 다쳐 패혈증으로 고통을 당했다.

1950년대 중반에 그의 부친처럼 실명했던 그는 어머니의 도움을 받아 글을 읽고 창작활동을 했다. 미우라 아야코의 남편이 아내의 작품을 대필해 주면서 그녀의 문학을 완성시켜준 것처럼.

⇧ 호르헤 루이스 보르헤스.

⇩ 보르헤스가 살았던 집을
직접 안내해준 보르헤스의 부인.

FUNDACION
INTERNACIONAL

JORGE LUIS BORGES

어머니와 함께 살다가 66세에 어릴 때 친구와 결혼했으나 3년 만에 결별, 숨을 거두기 몇 주 전 젊은 여비서와 다시 결혼. 주요 작품으로는 『부에노스아이레스의 열정』, 『영원한 장미』, 『불한당의 세계사』, 『픽션들』, 『알렙』, 『칼잡이들의 이야기』, 『셰익스피어의 기억』 등이 있다.

다시 짐 싸들고 가고 싶은 중남미

지구상 가장 높은 거주지, 3,800미터 잉카제국의 수도 쿠스코 고지를 경험하는 것은 모험이었다. 말로만 들었던 고산증 증세가 나타났고, 몸의 감지 기능들이 돌기를 세우고 비상이 걸렸다. 구토 증세도 나타났다. 조금만 움직여도 숨이 찼다. 준비한 타이레놀을 삼키고, 산소 캔을 코에 대고, 우주인처럼 몸을 천천히 움직였다. 그럼에도 누구 하나 포기하겠다는 사람은 없었다.

보고 싶다는 욕구, 알고 싶다는 욕구는 재욕에 못지않았다. 죽을 뻔했다는 어느 시인의 체험담으로 잔뜩 겁을 먹었지만 사람에 따라 반응이 달랐다. 일행 중 한 사람만 경미한 구토 증세로 호텔에 남아 있었다.

중남미는 약간의 어려움이 따르더라도 꼭 보아 두어야 할 인류학적 가치와 아름다운 풍광이 넘치는 곳이었다. 다시 한 번 천천히 돌아보고 싶은 매력 있는 곳이었다. 특히 잊을 수 없는 것은 그대로 남아 있는 헤밍웨이의 언덕 위의 집과 바다와, 네루다의 선박 같은 집과 수집품들과, 100년 전에 발견된 '공중도시' 마추픽추의 신비와, 보르헤스 미망

세계에서 가장 높은 곳에 있는 티티카카 호수. 페루와 볼리비아 국경 지대에 있다.

인의 몽환적인 자태와, 한 칸 돌 속에 묻힌 에비타 등등……

이번 여행을 하면서 느낀 것은 마추픽추, 마야나 쿠스코 같은 인류의 귀한 흔적이나 이과수, 티티카카 호수 같은 대자연은 그 자태를 싼값으로 호락호락 내보이지 않는다는 것, 그래서 땀 흘리며 찾아가 볼 수밖에 없다는 것이었다. 값진 깨달음이었다. 그 많은 볼거리의 심층을 제대로 다듬어내지 못한 것이 못내 아쉽다.

쿠바행 비행기 속에서 있었던 일 한 가지를 기록에 남기고 싶다.

이코노미 샌드위치 좌석이었다. 두 살과 네 살 난 건강한 남미 사내아이들이 어디가 불편한지 다섯 시간 내내 울고 떼쓰며 보챘다. 체구가 큰 그 아이들의 울부짖음은 한정된 공간에서 그야말로 야성의 맹수 소리보다 더 거칠게 승객들 귀를 괴롭혔다. 참기 어려웠다. 시끄러워 죽겠다고 소리칠 뻔했다. 그러나 아무도 시비를 붙이지 않았다. 불평 한 번 하지 않았던 그 비행기 승객들이 깊은 인상으로 남았다. 세상은 이만하면 아직 살 만하지 않느냐는 희망을 안겨주었던 지구촌 사람들, 지구촌 사람들은 누가 무어라 해도 서로를 이해하면서 사람답게 살겠다는 의지가 있음을 알았다. 지구촌 모든 사람들은 한 비행기를 탄, 운명을 같이 한, 가족임을 깨달은 소중한 시간이었다.

서정의 본령을 여는
여시아문如是我聞의 시세계

이 경 철 | 문학평론가

보고 듣고 느낀 대로 쓴 시에 드러나는 태초의 속내

"패스 프리//패널티 없음//제한속도 없음//어떤 배색도 끼어들 수 없음//빨간불 없는 녹색지대."(「녹색 표지판」 전문) 최금녀 시인의 여섯 번째 신작 시집 『길 위에 시간을 묻다』를 쭉 감상하고 또 뜯어보며 대체 이 거침없이 활달한 에너지는 어디에서 나오는가를 살폈다. 앞서 펴낸 다섯 권의 시집과 그 시편들에 쏟아진 선후배 시인과 평론가들의 평도 살피며 곰곰 따져봤다.

시단의 원로 김종길 시인이 일찍이 최 시인의 처녀시집을 보고 상찬한 "차라리 남성적이라고 할 수 있는 직설적이고 힘찬 어조, 투박하지만 함량이 많은 광석과도 같은 무게와 힘"이 대체 어디에서 연유되는가를 찾아봤다. 그리고 다시 이 시집을 읽으니 「녹색 표지판」이란 시가 정말 표지판처럼 들어왔다. 시인과 시의 활화산처럼 분출하는, 그러면서도 깊디깊은 에너지원을 가리키는 시그널로 이 시가 들려왔다.

내숭떨지 않고 시인이 보고 듣고 하고 느낀 그대로 쓴 시편들. 여시
아문如是我聞의 시세계가 지금 우리 시의 난맥상을 풍문風聞으로 시원
스레 날려버린다. 엄숙주의니 말장난이니, 리얼리즘이니 모더니즘이
니 휴머니즘이니, 자아自我니 타자他者니 진보적 서정이니 하는 파벌이
나 진영에 갇힌 우리 시를 프리하게 구원하는 패널티 없는 시편들.

「녹색 표지판」에서처럼 몽골의 대초원 같은 태초의 푸르른 세계에
서 한 점 티 없이 여시아문으로 종횡무진 질주하는 속도감. 그러면서도
짧은 한 행 한 연의 여백의 긴장된 깊이가 이번 시집을 종횡무진 수놓
고 있지 않은가.

이집트 사막에는
예수의 제자들이 피와 살을 짜내어
말씀을 옮겨 써놓으며 걸어간 길이 있다

오늘도 그 길에
땡볕은 사정없이 내려쬐고
한 방울의 물을 아끼려고
잎을 조막손처럼 오그려 붙인
올리브 나무들이
붉디붉은 꽃을 피워내며
신 사도행전 쓰고 있다.

———「사도행전 기념수」전문

252

시 제목과 본문으로 보아 이집트 사막을 여행하며 그곳에 서 있는 사도행전 기념수에 얽힌 이야기를 듣고, 또 그 나무를 직접 보고 느낀 그대로 쓴 시 같다. 예수의 제자들이 세계 곳곳에 말씀을 전파하기 위해 걸었을 그 고행의 길 위에 오늘은 올리브나무들이 붉은 꽃을 피워내며 복음을 전하고 있다.

예수의 말씀, 복음의 내용이 뭔지는 알 수 없다. 아니 시에서 그런 내용을 드러내는 것은 유치하고 구차스럽다. 단 지금 이곳의 올리브나무들이 사막 모진 환경에서 붉은 꽃을 피우며 2천 년 전 예수 제자들의 고행, 그 행위를 그대로 보여주며 그 복음을 증거하고 있게 할 뿐이다. 이렇게 보고 들은 그대로에 솔직한 것이 시를 단순, 활달하게 하면서 너와 나, 시공을 초월한 법문法文이 되게 한다.

"첫째 날, /노란색 옷으로 단장한 귀부인께서/쓰레기 썩어가는 개천 다비장에서/극락행 표를 끊는 무상無常을 보았고//둘째 날, /가사를 걸친 스님께서/관광객으로 발 디딜 틈 없는 사원에서/깡통 속에 아귀餓鬼를 모셔놓고/용맹정진하는 업장業障을 보았고//(중략)//마지막 날, 열두 지옥의 중생들께서/냅킨 접힌 식탁에서/촛불을 밝히고/거늑하게 먹은 스테이크/나무관세음."

네팔 여행 중 하루 하루 보고 느낀 것을 그대로 베낀 것 같은 시「여시아문」부분이다. 석가모니 열반 후 제자들이 모여 자신이 스승에게 들은 말씀을 가감 없이 모아 불경佛經으로 집대성하기 위해 세운 원칙이 '여시아문'. 자신의 해석 달지 말고 들은 그대로 옮겨 정전正典을 만

들기 위해서이다.

이번 여행시편에 이르러 시인의 시법詩法도 이제 확실히 여시아문의 정법正法에 이른 것 같다. 부지런히 배우고 행하고 생각하고 살아온 시인의 전 생애를 걸고 듣고 보고 느낀 대로 솔직하게 쓴 여시아문의 독보적 시세계에 이르고 있으니.

"子曰, 六十而耳順, 七十而從心所欲, 不踰矩"라, 공자가 말하길 나이 예순이면 남의 말 순순히 듣게 되고, 일흔이면 마음 내키는 대로 따라도 법도에 어긋남이 없다고 한 바로 그 경지에 든 것이다. 「여시아문」 시 다시 한 번 보시라. 본 것을 마음 내키는 대로 전하고 있는데도 우리의 한 생은 물론 윤회 내지 우주적 순환 섭리를 압축하고 있지 않은가. 보고 행하는 그대로가 "나무관세음"인 시세계에 이르고 있지 않은가.

천지 만물과 감동으로 소통하는 네오 샤먼으로서의 시인

"그렇다/느지막하게 내린 신끼로 굿을 치고 다니는데/선무당 사람 잡는 소리가 등을 훑어 내리고/애무당 하루라도 날춤을 추지 않으면/아쟁이, 대금소리에 삭신이 아프고 저려서/색색이 옷 차려입고 신바람을 맞으며/동서남북 발길 안 닿는 데 없다"

비교적 느지막한 나이에 들어 시를 쓰기 시작하며 시인 자신을 진솔하게 드러낸 시 「자화상」의 한 부분이다. '신끼' 즉 무기巫氣가 내려 숙명적으로 피할 수 없었다는 시 쓰기. 그래 "애무당 하루라도 날춤을 추지 않으면” 안 되어서 신바람 맞으며 삭신이 아프고 저리도록 열심히 시를 써왔다.

“시가 안 되는 날엔 지리산으로나 들어가/바위 아래 두 귀를 열어놓고/접신하고/이보耳報를 청해볼까.” 이전에 쓴 시「접신接神한다」마지막 부분에서와 같이 귀신의 말을 듣는 이보, 접신 지경의 시를 쓰기 위해 무진 애를 썼다.

그렇다면 단군 이래로 민족의 혼에 거처하고 있는 무당은 어떤 존재인가. 감동적인 시나 소설 속에서 무기를 읽어내고 있는 문학평론가 임우기 씨의 평문에 따르면 무당은 “하늘과 땅의 신명을 불러 삶과 조화시키고, 그 영험력으로 죽은 이와 산 이를 해원하고 화해시키는 ‘신이 지핀’ 존재이며, 또한 자연신과 하나가 되어 자연과 타자의 삶을 자기 삶으로 내면화하는 세속인, 곧 내 몸으로 타자의 삶들을 함께 공경하며 살아가는 초월자적 생활인”이다.

해서 무당은 스러져 가는, 과거의 낡은 존재가 아닌 우리 삶의 현재적이며 내재적 존재이다. 하늘과 땅, 산 자와 죽은 자, 우주 삼라만상 뭇 생령의 기운을 너와 나 구분 없이 잇는 초월자적 생활인으로서의 무당. 귀신과도 소통하는 언어를 사용하는 무당은 곧 우리 시대의 시인이다. 이 첨단문명의 시대에도 자의적으로 재단되어서는 안 될 우주적 섭리와의 소통과 삶의 융숭한 깊이를 되돌려 주려는 문인들은 모두 네오 샤먼이 된다.

그런 네오 샤먼의 ‘신끼’로 당당히 출발한 시인은 그러나 “선무당 사람 잡는 소리가 등을 훑어 내리고”라 고백하며 무당, 시인으로서의 천직天職에 자신감을 갖지 못하기도 했다. 숨가쁘게 써온 지금까지 다섯 권의 시집 속엔 '애무당 날춤' 같이 제대로 신명을 지피지 못한 시들도 종종 눈에 띄어 작두날 타듯 위태위태해 보이기도 했다. 그러나 이번 시집, 여시아문의 시법에 이르러 신명난 시세계를 여실히, 힘차게 보여주고 있다.

아집에 찌든 시적 치장 벗고 본디로 돌아온 시

　　―자애로운 어머니 강가 신神이여,
　　당신이 있어 그 동안 내 삶이
　　풍요로웠나이다―

　　노천 화장장 가트에서
　　시도 때도 없이
　　머리 풀고 이승을 떠나는
　　힌두교인들의 마지막 인사가
　　흐르는 강물에 스며들 때

　　어슬렁거리던 견공들
　　타다 남은 정강이뼈 나누어 뜯는
　　한 끼의 식사

지상은 즐거워라

저만치서
명상에 잠기는 운동화 한 짝.

　이번 시집 맨 앞에 올린 시「한 끼의 식사」전문이다. 같이 실린 많은
시편 중 그 시집의 시세계를 대표할 수 있는 간판급 시가 서시序詩 격으
로 맨 앞에 오르는 게 상례이다. 때문에 이 시를 통해 필자가 앞에서 지
칭한 여시아문 시세계의 실체를 여실히 들여다볼 수 있을 것이다.
　총 네 개 연으로 구성된 이 시는 크게 둘로 나눠 감상할 수 있다. 하
이픈으로 감싼 첫 연의 기도문, 그리고 풍경과 느낌을 있는 그대로 전
하고 있는 나머지 세 개 연으로 나뉠 수 있다. 첫 연은 보편적 진실의
진술로, 나머지 연은 지금 이곳의 개별적 묘사와 진술로 크게 갈리기
때문이다.
　첫 연에서는 한 생애 잘 살고 떠나는 영혼들의 마지막 기도문을 그대
로 싣고 있는 듯하다. 만물을 생육生育하고 인류의 문명을 낳은 강을
"자애로운 어머니"나 신의 반열로 보는 것은 예나 지금이나, 동東이나
서西나 다름없는 원형(元型, archetype)적 눈이다.
　2연에서는 강가 강 노천 화장터인 가트 현장을 그리고 있다. 3연에서
는 다 타지 못한 시신의 뼈를 나누어 뜯는 개들을 묘사하고 있다. 4연
에서는 눈을 돌려 저만치 떨어져 있는 신발에 시선을 주고 있다. 이 세
개 연의 시선은 지금 이곳의 현장을 있는 그대로 바라보는 시인의 눈이

다. 이런 묘사의 주된 흐름에 "한 끼의 식사/지상은 즐거워라"라는 시인의 거침없는 진술이 확 끼어들어 시를 아연 긴장되고 활기차게 한다. 이승을 떠나는 마지막 영혼들의 뼈를 뜯는 개들의 소름 끼치는 장면이 즐겁다고 활달하게 토로하다니. 아이러니 아닌가. 아니다. 직설적으로 터져나온 가감 없는 감탄이다.

아이러니나 비유나 상징 등 인위적인 시적 장치를 넘어서야 여시아문의 시법에 이를 수 있다. "산은 산이요, 물은 물이로다"라는 지극히 당연한 말은 그냥 거저 터져나온 말이 아니다. 이리저리 달리 보고 어찌저찌 달리 표현해보려는 끈질긴 아집의 치장을 걷어버리고 마침내 태초의 본디로 돌아온 말, 여시아문의 시법 아닐 것인가.

"저만치서/명상에 잠기는 운동화 한 짝"의 마무리를 보시라. 이 마지막 연에서도 '운동화'는 시인이나 인간의 대유법이나 의인법 등이 아니다. 그런 시적 장치 너머에서 그냥 명상하고 있는 주체로서의 존재로 나앉아 있는 운동화 자체로 이 시에서는 들어온다.

이 시에서 '강가 강江'이나 '영혼'이나 '건공'이나 '운동화 한 짝' 등 대상들은 인간의 아집에 물들지 않은, 우주 순환 사이클을 이루는 본디의 존재로 드러난다. 각기 '흐르고', '떠나고', '뜨고', '명상에 잠기는' 행위를 활달히 펼치며 무등등한 세상을 꾸려가고 있는 것이다.

이렇듯 만물이 제각각의 위치에서 본디대로 행동하고 있으니 "지상은 즐거워라"는 감탄이 절로 터져나온 것 아니겠는가. 이 지상의, 지금 이곳의 감탄과 명상은 다시 시 첫 연으로 돌아가 보편적 진리, 우주적 섭리로 "시도 때도 없이" 순환하고 있는 게 여시아문 시법일 것이다.

"'푸자'가 열리는 강변의 밤 //고막을 찢어내는 만트라 음악과/발효하는 맥주냄새, 향냄새/밤하늘에 쏘아올리는/사이키델릭한 조명 다발들/가히 신이 강림할 법하다//발 디딜 틈 없는 한두교인들 틈새에서/문득/ '너는 저들처럼 든든한 신神을 품어보았니?'"(「강변은 디스코텍」 부분) 「한 끼의 식사」가 강가 강변 낮의 화장 장면을 담았다면 이 시는 광란의 디스코텍 같은 밤의 힌두 종교의식을 그리고 있다. 이 시에서도 본대로 묘사하고 또 들은 대로 전하고 있다. "너는 저들처럼 든든한 신神을 품어보았니?"라는 물음은 그 현장 자체의 물음이며 신의 물음이며 시인의 깊숙한 혼의 물음일 것이다. 시인의 가감 없이 전하는 말은 이렇게 태초의 말처럼 온 우주를 감싸고 소통된다.

그 광란의 축제 같은 종교의식 현장에 '신이 강림할 법하다'는 느낌, 그리고 그런 신이 가장 '든든한 신神'이라는 확신에서 우리는 시집 곳곳에 드러나는 시인의 도저한 현실지상주의를 확인할 수 있다. 우주 순환 사이클, 윤회에서 본다면 이 지상에 한순간의 존재로 활동하는 지금 이곳의 삶이 소중하고 기쁨이라는 것을, 본디 있는 그대로 보고 듣고 전하는 여시아문의 시법을 자연스레 떠올리게 되는 것이다.

"초원은/하나님이/씨 뿌리고 거두는 땅/바람의 세기며/들꽃의 향기며/구름의 색깔하며/따끈따끈한 햇볕//그 안성맞춤."(「주인은 하나님」 전문) 모든 것이 제자리를 지키며 본디 모습과 색과 향기를 드러내니 은총이다. 그런 안성맞춤의 모습을 그대로 전하는 것 역시 축복이고 하느님이 보시기에 좋은 우주의 섭리이다.

"알 수 없는 기쁨으로 지저귀는/열대 새소리가/신의 음성이 아닌가 내 귀를 의심한//창세기 1장."(「멕시코 만의 섬」 부분) 세상이 처음 열릴 때 신의 음성을 듣는 귀. 그 첫 음성을 그대로 전하려는 시. 이런 우주의 섭리, 신의 음성을 그대로 보여주고 전하려는 여시아문의 시법이 개들이 사람 뼈다귀를 물고 뜯는 모습마저 즐거운 식사, 축제로 보이게 하고 있는 것이다. 그러면서 시인의 시세계를 동사형, 감탄형으로 활기차게 이끌고 있다.

빠르고 모던한 감각, 역동적 상상력의 애니미즘

유럽의 나라와 나라 사이
그리스 들판을 버스로 달린다
버스 창 밖으로
멀미나게 넓은,
땅 흘러간다

뒷짐 지고 노는 땅
확 갈아엎고
밀이나 뿌리고 싶은,
땅 흘러간다

아바타 우주 시대에는

돈 없어도 수거해갈 사람 없는
우주 쓰레기,
땅 흘러간다

저 땅, 좀 어떻게?
스마트하게 차려입은 유럽식 허수아비가
내 속내를 짚어내고
택도 없다는 듯
바람결에 팔을 휘휘 내저으며,
땅 흘러간다.

— 「허수아비도 스마트했다」 전문

　이 시는 우선 제목부터 스마트하고 모던한 시이다. 그도 그럴 것이 바지저고리 입은 우리 전통 허수아비가 아니라 "스마트하게 차려입은 유럽식 허수아비"를 그리고 있기 때문이다. 시인이 함께 살아가는 "아바타 우주 시대"의 첨단문명 사회를 보고 들은 대로 전하기 위해선 감각 또한 모던할 수밖에 없지 않겠는가.

　"코에는 산소 병/입에는 타이레놀/우주인 동작 슬로우 슬로우//심장의 엔진 무사한가/가슴 어루만지며". 남미 안데스 고원에 위치해 산소가 희박하여 숨쉬기도 곤란한 티티카카 호수를 소재로 한 시「티티카카 티티카카」한 부분이다.

　짐짓 의연한 체 내숭떨지 않고 헐떡이는 숨결을 그대로 전하기 위해

선 이리 모던할 수밖에 없다. 이렇듯 이번 시집 곳곳에서 시인은 모던한 감각을 유감없이 보여주고 있다. 모던한 감각은 현대문명의 일상적 삶을 그대로 다룬, 소재적 차원에 머문 것만은 아니다. 현대적 삶의 양태처럼 거침없이 빠르고 활달한 시상詩想 전개가 시를 한층 더 모던하게 보이게 한다.

위 시「허수아비도 스마트했다」는 거침없이 활달한 시이다. 어조도, 시적 전개 과정도 달리는 버스 차창에 안겨드는 풍경 바뀌듯 거침없이 획획 바뀌는 속도감 있는 시이다. 땅을 박차고 달리는 버스를 "땅 흘러간다"고 4회나 반복하는 그 반복이 맴돌며 머무르게 하지 않고 오히려 운율을 자아내며 속도감을 높이고 있다.

달리는 버스에서 바라보니 당연히 땅이 흘러가는 것으로 보였을 것. 한 곳에 붙박인 땅이 해서 "흘러간다"고 자꾸 반복하며 속도감을 역동적으로 높였을 것이다. 이 땅의 역동적 속도, 그 살아 있는 움직임은 또 "멀미나게 넓은 땅"이라며 온몸의 감각에 의해 시인과 일치된다.

시인과 대상과의 이 같은 살가운 일치가 생물이든 무생물이든 삼라만상을 역동적으로 살아 움직이는 물활론物活論적 태초의 애니미즘 세계에 이르게 한다. 해서 시인과 허수아비가 동등한 존재로서 서로 대화를 나누게 하고 있지 않은가.

달려도 달려도 곡식 한 포기 기르지 않고 "뒷짐 지고 노는 땅", "확 갈아엎고/밀이나 뿌리고 싶은" 욕구는 우리 민족에겐 뿌리 깊은 심사일 것. 그런 심사도 그대로 드러내고 또 "택도 없다"는 허수아비 심사도 그대로 보여주고 있다.

태초에 뿌리를 둔 지금 이곳의 현실의식

북에서 온 편지에
'형님 뵙고 싶습니다' 라는 말은
'형님 배가 고픕니다' 라는 말이고

연변에 형님 한 분 있어
일 년에 몇 번 편지를 주고받으면
북에 사는 동생은
금광을 하나 가진 것이나 다름없고

시어머니 될 사람이
한국으로 사발 까시기를 간 신랑감에겐
처녀들이 익은 개살구 떨어지듯
발치에 자빠지고
어떤 집에서는 사발 까시기 가지 못해
목매 죽었고

독 오른 뱀이 득실거리는 풀숲에서
골프공을 찾아내는 일을 하고 있는

청도의 조선족 아가씨
내게 근대사를 열심히 가르쳐 주었다

한국으로 가 사발 까시기 하는 것이
그녀의 미래라던
그 아가씨
지금 어디에서 꿈을 이루고 있는지.
— 「사발 까시기, 근대사」 전문

중국 청도에서 조선족 아가씨한테 들은 이야기를 그대로 전하고 있는 이 시에는 우리의 아픈 근대사 한 대목이 요약돼 있다. 연변 등 우리 민족이 많이 살고 있는 중국, 아니 한국에 와 있는 중국 동포 등을 통해 '한국에 가 접시 닦는 식당 설거지로 돈을 벌고 싶은 게 꿈'이란 이야기 한번쯤은 누구든 들었을 것. 이것이 일제 식민통치 후 분단된 우리 민족의 반 쪽 현실 아니겠는가.

시인은 차분히, 그러면서도 잘 요약해 속도감 있게 이야기를 전하며 이런 민족문제를 간절하게 드러내고 있다. 특히 시인의 속내를 솔직히 드러낸 마지막 연에 와 뭉클한 감동으로 지금 우리 민족의 현실 문제를 더 가슴 저리게 환기시키고 있다.

"정치에 관심 없는 나라/신문, 팔리지 않고/야당, 시민단체는 구색으로/사치품 담배 술 자동차에 세금 억 억//이광요의 허락 없이는/침도 뱉지 못하는 나라/GNP 5만 불의 나라//잘 꾸며진 공원 같은/서울보다 작은 나라에서/나는 배부른/벽 속의 착한 수인囚人처럼.”(「이광요의 싱가포르」 전문) 싱가포르에서 보고 당한 것을 그대로 전하며 경제발전과 독재라는 현실문제를 떠올리고 있다.

"코르크 병마개를 만든다고/허옇게 까발려진 나무의 아랫도리에서/근대 여인 잔혹사를 읽는다"(「동물 막사」 부분). 포르투갈에서 스페인으로 넘어가는 야산에서 본 아랫도리를 까발린 나무들에서 일제하 정신대 역사를 읽는 등 시인은 시집 곳곳에 번득이는 현실의식도 내장하고 있다.

서정 천착을 위한 끊임없는 시적 여정旅程

기침만 해도
두 손을 비비시던 할머니
몽골에도 성황당 어워가 있었다

누가 방금 다녀갔는지
어지럽게 널린 콜라병, 과자, 지폐, 술병, 짐승의 등뼈
―할머닌 흰 쌀밥을 짚으로 싸 갖다 놓으셨지―

초록 지평선을 끌고
문득 문득 나타나는 어워

푸르고 붉은 헝겊이
허깨비처럼
바람에 나부낄 때마다
할머니 거기 계신 듯
걸음을 재촉
고개 숙여 인사드리고

돌 하나 주워
공손하게 올려놓으면

아가, 먼 길 조심해서 가거라.
　　　　　　　　　　　　　　　　── 「어워」 전문

　우리네 성황당격인 몽골의 어워를 소재로 한 시이다. 끝없이 펼쳐진 푸른 초원 위 맞춤한 거리마다에 보이는 어워. 돌무더기를 쌓고 기둥을 박아 푸르고 붉은 천을 매달아놓아 바람에 펄럭이는 어워를 "초록 지평선을 끌고/문득 문득 나타나는 어워"라고 그리고 있다. 이정표 역할과 함께 여행자의 소망과 안전을 비는 어워와 시인의 할머니, 성황당과 겹쳐지며 시가 농밀한 서정으로 읽힌다.
　이 시는 과거시제로 시작되다 부지불식간에 현재시제로 돌아와 끝을 맺는다. 할머니와 성황당과 어워가 따로 따로 제시되다 어느덧 하나로 합치돼 "아가, 먼 길 조심해서 가거라"는 말, 미래를 향한 희원의 소리가 되어 끝난다. 과거와 현재와 미래의 일치, 그리고 나와 너 대상들의 일치에서 서정적 울림은 나오는 것이다.

문학평론가 고명수 씨는 최 시인이 앞서 펴낸 5권의 시집을 살핀 평론「원융무애 혹은 달관의 미학」에서 "초기의 서정적 취향을 벗어나 매우 모던한 감각과 활달한 상상력으로 삶의 달관을 보여주는 방향으로 나아가고 있다"고 평했다.

뒤이어 나온 평론「충일과 결핍의 결속, 그 시적 자의식」에서 문학평론가 유성호 씨는 "최금녀 시인은 존재의 결핍을 기원으로 하면서 시적 대상을 향한 한없는 매혹과 그리움을 보여준다는 점에서 서정시의 본령을 충실하게 지켜가는 시인이다"고 평했다. '서정적 취향'이든 '서정시의 본령'이든 최 시인의 시세계는 서정에 바탕을 두고 있다는 것이다.

그렇다면 서정이란 무엇인가. 이 질문은 곧바로 시의 본령은 무엇인가를 묻는 것과 한가지로 누구도 쉽게 정의할 수 없어 시대에 따라, 취향에 따라 제각각 구구한 답을 내놓고 있지만 난 감히 이렇게 말하고 싶다.

서정성, 그것은 너와 나, 사물과 사물이 행복하게 만났던 관계의 순간적 회복이다. 즉 너와 나, 삼라만상이 유기체라는 '동일성의 시학'과 과거, 미래가 현재 이 순간에 함께 있다는 '순간성의 시학'이 서정성의 핵심이라고. 동서고금의 서정시론을 살피며, 또 위 시「어워」와 같이 서정시의 본령을 붙들고 있는 좋은 시들을 읽는 현장에서 내 나름으로 붙잡은 서정성의 요체이다.

그래 시의 본령은 서정이고 서정성은 원래 하나였다가 이제는 헤어진 너와 나의 안타까운 거리, 그리움이다. 우주 삼라만상과 온몸으로 교류하며 다시 하나 되게 하려는 마음이다. 실체와 이름이 하나였다가 이제는 서로 겉도는 슬픈 나와 너, 사물들의 혼을 되찾아 주는 언어가 서정시가 된다. 그리하여 독자와 우주 삼라만상은 물론 귀신과도 감읍感泣, 소통할 수 있는 본디의 언어가 서정시의 본령 아니겠는가. 이는 또 앞서 말한 최 시인의 무당으로서의 '신끼'와 여시아문의 시세계로 곧바로 연결되는 것 아니겠는가.

하여 위 시 「어워」 마지막에서 울려나오는 소리. 콜라병, 과자, 지폐, 술병 등 현대문명이 봉헌된 오늘의 성황당에서 여시아문으로 들은 말 "아가, 먼 길 조심해서 가거라"는 말이 어찌 시인의 할머니 말에 머무르겠는가. 인간은 물론 뭇 생령들의 희원이 담긴 하늘의 말로 확산되고 있지 않은가. 그 말에 저승 가는 귀신인들 어찌 감읍하지 않겠는가.

"단단하지도/폭신거리지도 않는, //외로움으로/얼얼하지도 않는, //이내 내리는 저녁의/애달픔도 없는, //오래 견딘 관절들의 신음도/깜박 잠이 든, //있어야 할 것 모두 제자리에서/꿈을 꾸고 있는, //두껍지도 얇지도 않은 고요를/덮고 누운."(「보졸레 누보」 전문)

몇 년 전 이 시를 읽으며 햇포도주의 맛, 그리고 마시며 취해가는 효험을 이리 감각적으로 살갑게 드러낸, 좋은 술처럼 잘 빚어놓은 시적 역량에 찬탄을 아끼지 않았다. 온몸의 감각을 섞어 활용해가며 포도주의 맛과 향, 취기는 물론 외로움, 애달픔, 고요 등 추상까지도 구체화시키는 역량이 돋보이지 않는가.

"무심에 추를 내리고/깊이를 재는 배 한 척 떠 있고/내 얼굴의 잔주름살까지/헤아리는 물거울/도야꼬 호수//맑은 물 속에 스며든/고운 마음결들 들여다보며/나, 그곳에/한 그루 나무가 되고 싶다"(「도야꼬 호수」 부분)

바쁜 여행 중 오랜만에 호반에 느긋이 앉아 물 속을 들여다보며 써서 그럴까. 시가 상당히 차분하고 안정적이다. 물 속에 비친 자신의 깊이를 관조하고 또 나무며 갈매기며 바람 등 호반의 식구들과 하나 되어가는 마음 등에서 잘 짜인 서정시로 읽힌다. 그런데도 뭔가 좀 아쉽다는 느낌을 지울 수 없다. 왠가 했더니 시인 특유의 활력과 속도를 잃고 고답적 서정에 정체돼 있기 때문이리라.

올인하는 순간의 섬광, 서정의 극치

"일방통행이어야 딱 좋은/엇나면 바로 절벽인 아슬아슬한 길에서/마주 오는 차를 만나면/숨막혔던 내 생의 어느 한때처럼/아찔하게 밀려오는 현기증//빙하 바로 아래에는/쇄도하는 얼음조각들/올인하는 순간의 섬광이/절벽에서/피오르드의 꽃으로 피어나고/물보라와 무지개로 걸린다"

노르웨이의 피오르드 협곡을 오르며 쓴 시 「유럽의 푸른 눈」의 위 대목에서 난 서정의 한 극점과 마주쳐 온몸으로 전율했다. "올인하는 순간의 섬광"이라고 서정의 요체를 이리 모던하고 명료하고 솔직하게 잡아내다니. 놀랍다, 섬광처럼 한순간 폭발하는 서정의 긴장된 에너지와 속도감이.

시인의 전 체험과 지식과 교양을 올인한 경륜이 온몸으로 긴장하며 촉수를 예리하게 세울 때라야 아주 힘들고 운 좋게 잡힐 수 있는 과거, 현재, 미래의 시간과 삼라만상이 한데 어우러진 순간의 섬광. 에피퍼니니 아우라니 비의秘義니 영감靈感이니 하는 것들을 우주가 익어터지는 이미지의 섬광으로 꽃피우고, 물보라 무지개로 걸어놓아 우리 눈앞에 보여주고 있으니.

이렇듯 시인은 초기부터 시의 서정성을 깊이 천착해왔다. 수많은 시행착오에서 얻은 서정적 역량을 확실히 발판 삼아 이제 인위적인 시적 치장 털어버리고 단순 명료하게, 활달하게 사물의 혼까지 치고 들어가며 울리고 있는 여시아문 서정의 한 정점에 이른 것이다.

이번 여섯 번째 시집 『길 위에 시간을 묻다』는 세계여행에서 우러난 시편과 산문을 엮었다. 필자 역시 몇몇 시인들과 더불어 최 시인과 함께 일본 여행을 갔다 온 적이 있다. 소풍 온 초등학생처럼 이리저리 쏘다니고 물어보고 호텔 로비에선 잠깐잠깐씩 메모하던 시인의 활달하고 열심인 모습이 이 시집과 겹쳐진다.

일상의 낯익은 틀에서 벗어나 낯설음을 위해 낯설고 물 설은 먼 길로 떠나는 것이 여행일 터. 그렇게 떠난 낯선 곳에서의 시간은 일상의 지속적 시간이 아니라 점처럼 짧게 끊기는, 하지만 태초 영원의 시간일 것이다. 마치 서정시의 시간인 영원한 현재 혹은 순간처럼. 그 순간에 시인은 삼라만상과 온몸으로 어우러진다.

책상에 앉아 머리 쥐어 짜내가며 대상을 수식하지 않고 낯선 세상에서 태초인 양 처음 보고 듣고 만나 어우러진 것들을 그대로 전하는 책이 『길 위에 시간을 묻다』이다. 시편들에서는 태초의 어둠 속 형상도 없이 외로운 것들이 서로에게 끌리는, 그리움의 인력引力이 폭발한 빅뱅의 빛줄기가 우주를 낳았듯, 시인과 삼라만상이 그리움으로 어우러지는 서정의 섬광을 볼 수 있을 것이다.

산문에서는 따라 읽다 보면 빠른 템포와 있는 그대로의 정보, 그리고 해박한 문화적 혜안으로 시인과 함께 세계문화여행을 하는 느낌이 들 것이다.

자칫 엇나면 온몸을 베일 낯선 작두 위, 천 길 나락으로 떨어질 벼랑 위에 서 있는 것이 시이고 시인이다. 태초, 우주적 섭리, 도道라는 것은 말, 언어의 성긴 그물로 잡을 수 없는 것. 언어도단言語道斷의 지경이라 도사나 선승들은 입 다물고 묵언수행默言修行을 하는 것일 터.

허나 무당과 시인은 그런 지경, 하늘의 말을 듣고 전하여 세상과 소통해야 하는 존재 아닌가. 자칫 엇나면 말장난이나 사기의 나락으로 떨어질 그 말을 본디대로 소통하기 위해 작두와 벼랑 끝에서 터득한 것이 최금녀 시인의 여시아문 시법일 것을. 그러매 이제 애무당 선무당 아닌 큰무당, 네오 샤먼이란 자존自存으로 시의 더 큰 일가 이루어 가시길 빈다.

최금녀

시집『큐피드의 독화살』『저 분홍빛 손들』『내 몸에 집을 짓는다』
『가본 적 없는 길에 서서』『들꽃은 홀로 피어라』
시선집『최금녀의 시와 시세계』,
일역시집『その島を胸に秘めて』, 영역시집『Those Pink Hands』,
국제 펜 이사, 서울신문・대한일보 기자 역임.
현대시인상, 미네르바 작품상, 비평가협회상, 충청문학상 등 수상.
메일 choikn1123@hanmail.net

길 위에 시간을 묻다
최금녀 지음

초판 1쇄 발행일   2012년 8월 31일

지은이・최금녀
펴낸이・김종해
펴낸곳・문학세계사
주소・서울 마포구 신수로 59-1 (121-110)
대표전화・702-1800 | 팩시밀리・702-0084
이메일・mail@msp21.co.kr
홈페이지・www.msp21.co.kr
출판등록・제21-108호 (1979. 5. 16)
값 13,000원

ISBN 978-89-7075-528-1   03810
ⓒ최금녀, 2012